余光中六十年詩選

陳芳明◎選編

我再把菲昂的臉兒回憶
把他的眼色再匆匆地一瞧

星星不見了
大海不叫了
星去睡覺了
海也睡着了
菲昂，永別了
希臘，再会了

——1948.10.31

註：沙浮（Sappho），希腊女詩人，恋菲昂（Phaon），遭棄，鬱鬱投海而死。

六十年前（一九四八年），余光中就讀於南京金陵大學外文系時所發表的第一首詩作〈沙浮投海〉。
原刊載於廈門《江聲》副刊，蒐錄在藍星詩社出版《舟子的悲歌》中。

沙浮投海

我站在高崖上
再深深吸一口氣
向愛琴海与夜空
投最後的一瞥

夜空是多麼的崇高
再伸手也摸你不到
一群燦爛的星星
把銀河密密地圍繞

大海是多麼的深奧
有幾千年的驚波怒濤
那遠處的一点漁火
是誰还沒有睡覺

海風喲,別牽動我的頭髮
海浪喲,別衝破我的思潮

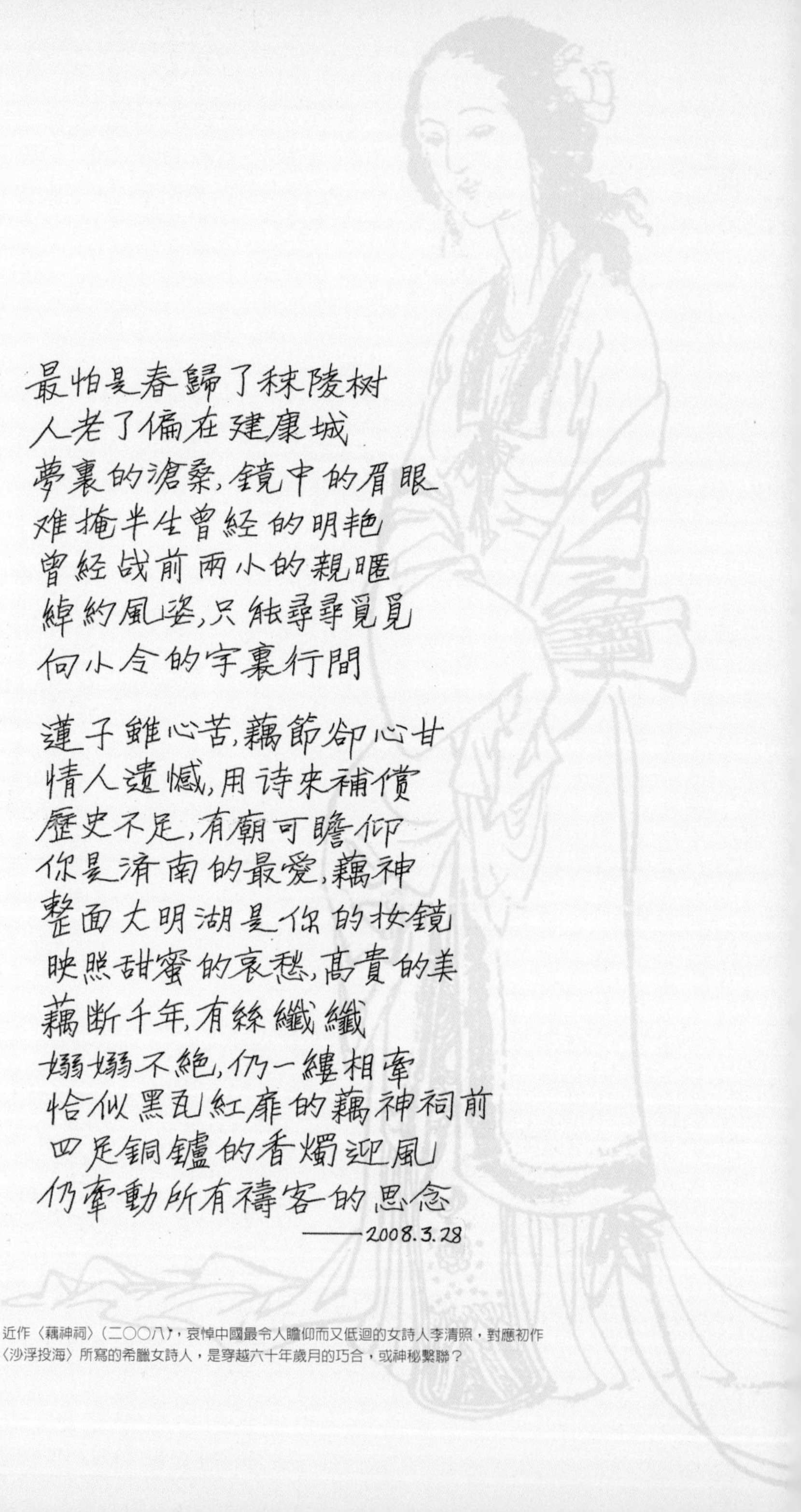

最怕是春歸了秣陵樹
人老了偏在建康城
夢裏的滄桑，鏡中的眉眼
难掩半生曾経的明艳
曾経战前兩小的親暱
綽約風姿，只能尋尋覓覓
向小令的字裏行間

蓮子雖心苦，藕節卻心甘
情人遺憾，用诗來補償
歷史不足，有廟可瞻仰
你是濟南的最愛，藕神
整面大明湖是你的妆鏡
映照甜蜜的哀愁，高貴的美
藕断千年，有絲纖纖
嫋嫋不絕，仍一縷相牽
恰似黑瓦紅扉的藕神祠前
四足銅鑪的香燭迎風
仍牽動所有禱客的思念

——2008.3.28

近作〈藕神祠〉（二○○八），哀悼中國最令人瞻仰而又低迴的女詩人李清照，對應初作〈沙浮投海〉所寫的希臘女詩人，是穿越六十年歲月的巧合，或神秘繫聯？

藕神祠　余光中

——濟南人在大明湖畔
為李清照立藕神祠

天妬佳偶，只橫刀一分
就把美滿截成了兩半
一半歸战前，一半給乱後
亦如金兵劈大宋的江山
成南宋与北宋，即使岳飛
也無力用頭顱討还
無情的刃鋒啊过處
國破之痛更添上家亡
憑愛情，怎麼能拼得攏呢
才女淪落江湖成难民
愛妻一回首成了遺孀

菩薩蛮
鷓鴣天
声声慢
难堪最是遲暮的心情

隔水觀音
余光中
天國的夜市
三民文庫49／余光中著／三民書局印行
高樓對海
九歌文庫576
余光中 著
五陵少年
余光中
紫荊賦
余光中
敲打樂
余光中 著
九歌文庫 188

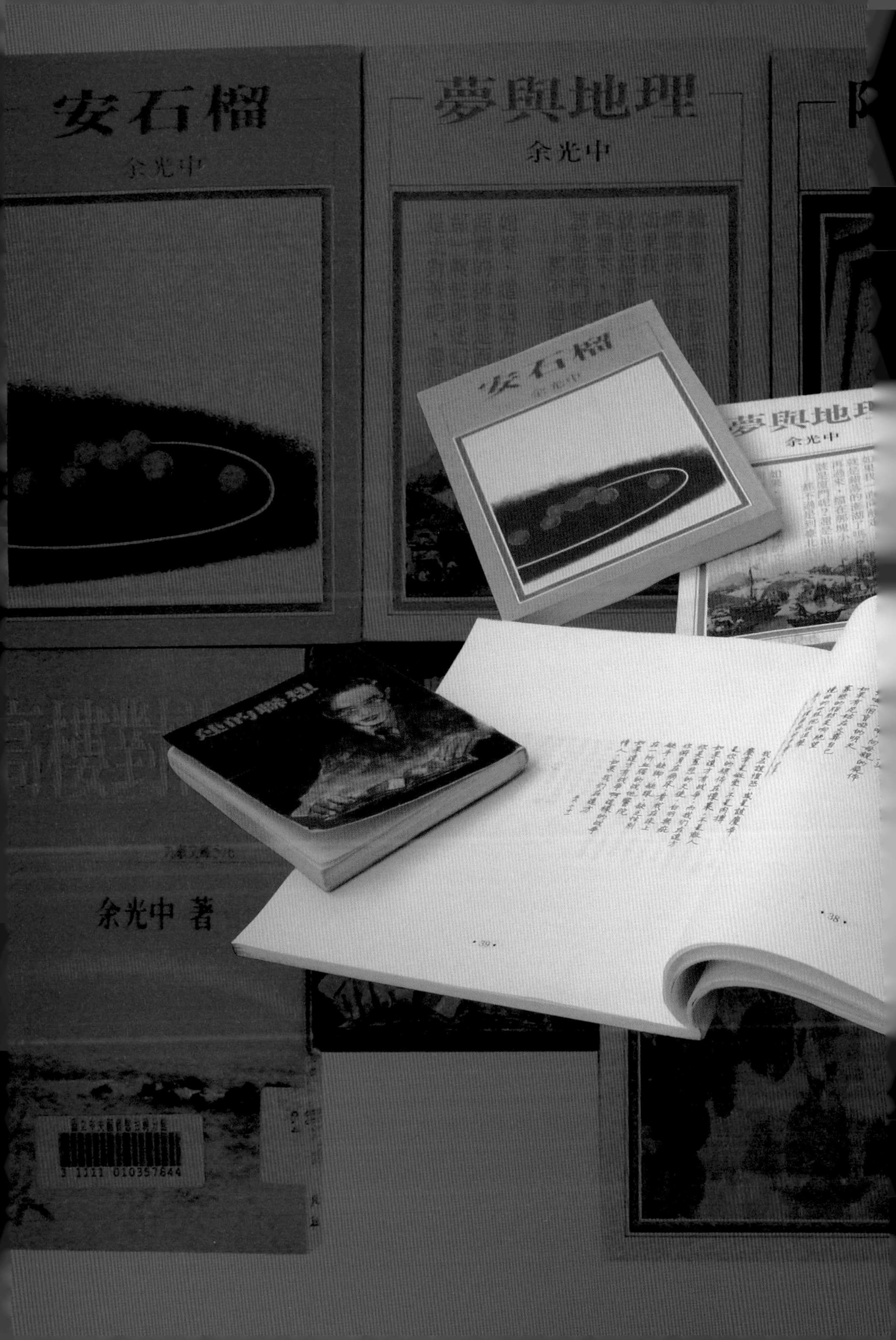
安石榴
余光中
夢與地理
余光中
余光中 著

INK文學叢書 189

余光中六十年詩選

陳芳明◎選編

〈編輯前言〉詩藝追求，止於至善／陳芳明　18

第一輯　臺北時期

《舟子的悲歌》（一九五二）
沉思——南海舟中望星有感　28
舟子的悲歌　30
昨夜你對我一笑　33
七夕　35
《藍色的羽毛》（一九五四）
詩人之歌　37
孤舟夜航記　40
弔濟慈——濟慈逝世百卅二週年紀念　43
珍妮的辮子　46

《天國的夜市》（一九六九）
聽鋼琴有憶　48
給惠特曼——Walt Whitman誕生百卅五週年紀念　51
飲一八四二年葡萄酒　56
白髮　60
《鐘乳石》（一九六〇）
世紀的夢　63
浮雕集　65
羿射九日　69
西螺大橋　72
奇蹟　75
《萬聖節》（一九六〇）
芝加哥　78
萬聖節　81
毛玻璃外　84

當八月來時　86
呼吸的需要　89
答案？　91
《五陵少年》（一九六七）
五陵少年　95
圓通寺　98
重上大度山　101
春天，遂想起　104
黑雲母——獻給未見亡兒的妻　108
《蓮的聯想》（一九六四）
蓮的聯想　113
等你，在雨中　116
音樂會　119
月光曲——杜布西的鋼琴曲 Claire de Lune　124
情人的血特別紅　127

《敲打樂》（一九六九）
單人牀　130
敲打樂　132
《在冷戰的年代》（一九六九）
雙人牀　144
火浴　146
如果遠方有戰爭　151
或者所謂春天　154
在冷戰的年代　159
炊煙——劉鳳學舞，張萬明箏　164
《白玉苦瓜》（一九七四）
車過枋寮　167
慈雲寺俯眺臺北　171
戲為六絕句　173
樓頭　177
白玉苦瓜——故宮博物院所藏　180
霧社　184

第二輯　香港時期

《與永恆拔河》（一九七九）
夜讀　188
秋興　191
天望　193
貼耳書　196
與永恆拔河　198
《隔水觀音》（一九八三）
湘逝——杜甫歿前舟中獨白　200
烏絲愁　209
蛾眉戰爭　212
木棉花　215
寄給畫家　218
《紫荆賦》（一九八六）
你仍在島上——懷念德進　220

橄欖核舟——故宮博物院所見　223
山中暑意七品　227
甘地紡紗　235
心血來潮　239
紫荊賦　242

第三輯　高雄時期

《夢與地理》（一九九〇）
夢與地理　246
讓春天從高雄出發　248
珍珠項鍊　250
雨聲説些什麼　252
夢與膀胱　254
蜀人贈扇記　256
向日葵　263
聽容天圻彈古琴　266

《安石榴》（一九九六）
安石榴　268
雨，落在高雄的港上　271
宜興茶壺——謝柯靈先生　274
冬至　277
後半夜　279
星光夜——梵谷百年祭之一　283
荷蘭吊橋——梵谷百年祭之二　286
向日葵——梵谷百年祭之三　289
在漸暗的窗口　292
《五行無阻》（一九九八）
三生石　295
五行無阻　303
抱孫　307
私語　311
裁夢刀　315

《高樓對海》（二〇〇〇）
抱孫女　318
隔一座中央山脈——空投陳黎　325
高雄港上　329
別金銓　333
水鄉宛然——觀吳冠中畫展　336
水仙　339
高樓對海　341
《藕神》（二〇〇八）
粥頌　344
翠玉白菜　347
Arco Iris　349
平沙落雁——觀傅抱石畫展　351
台東　355
余光中創作年表／劉思坊　整理　358

【編輯前言】

詩藝追求，止於至善

陳芳明

余光中發表第一首詩時，甫過二十歲，那年是一九四八。他的詩藝追求，迄今恰滿六十年。一甲子風雨，從黑髮到霜髮，從向陽到向晚，他的詩筆未嘗須臾停頓。熔鑄文字於股掌之間，鍛造生命於日精月華，他對詩神的緊跟不捨，也許沒有一位前輩、同輩、後輩足堪比擬。何其漫長的逐詩生涯，從此刻回首最初起點，幾乎看不見路的盡頭。出發之前，如果預見注定要畢生追求，任誰都會望途怯步。年輕時，余光中就已決心遠行，對於文字藝術頗具信心。他曾經期待，每位讀者手上都捧著他的作品。這樣的自我許諾，很早就已實現。

詩與散文，是余光中文學中的兩大支柱。以右手喻詩，左手喻文，已成爲他的創作標記。遠在一九六二年出版《左手的繆思》時，他曾經表達自己的藝術觀：「我所期待的散文，應該有聲，有色，有光；應該有木簫的甜味，釜形大鐘鼓的騷響，有旋轉自如像虹一般的光譜，而明滅閃爍於字裡行間的，應該有一種奇幻的光。」散文技藝的嚴謹要求，已在這段話裡道盡。他的散文觀其實也可與詩觀互通。在分行藝術裡，余光中也同樣是追逐聲色，毫不稍懈。

到達《蓮的聯想》之前，他的詩與散文都同樣接受文字的提煉，一如他自己承認：「我嘗試把中國的文字壓縮、槌扁、拉長、磨利。把它折開又拼攏，折來且疊去，爲了試驗它的速度、密度和彈性。」具有這樣的自覺時，他已經在現代主義運動中有過徹底的洗禮。他的散文開始現代化時，亦加速使他脫離五四文學新月派的格律詩影響。如果他第一篇自許的現代散文〈石城之行〉完成於一九五八年，則他的詩藝大約也是在那段時期有了劇烈的變化。

早期的三冊詩集《舟子的悲歌》、《藍色的羽毛》、《天國的夜市》，相當依賴固定的形式；均勻、對稱、平衡，可能是他對詩所堅持的美感。進入一九五八年，讀者漸漸可以發現他的靈魂已隱隱發生騷動。那年之後，余光中的現代主義時期於焉展開，次第完成了《鐘乳石》、《五陵少年》、《天狼星》三冊詩集。這段時期，也正是他著手撰寫惹人議論的散文集，亦即《左手的繆思》、《掌上雨》、《逍遙遊》。他的詩觀至此宣告成熟，不僅爲現代詩提出雄辯，也開始涉入詩論與詩評的領域。他的評論頗有可觀，因爲那既是爲同時代詩人的藝術成就論斷，同時也洩露天機，容許讀者窺探他詩藝的秘密。

他的現代主義高度開發時期，維持將近三年。彷彿出疹那般，往往出現熾熱火紅的想像。尤其是《五陵少年》的幾首作品〈燧人氏〉、〈狂詩人〉、〈五陵少年〉，都桀驁不羈地表現一股無可遏抑的霸氣；也寫出一些近乎晦澀的詩行，如〈史前魚〉。那是他豪氣賁張的稀有階段，內心沸騰著爆炸般的創造力。憑藉著近乎革命的勇氣，他終於向詩壇交出眾目所矚的《天狼星》。這冊詩集對他後來的發展做了部分預告。在追求現代化之餘，他也回頭向中國古典傳統汲取詩情。余光中可能是現代詩人中，第一位自覺到如何使現代與古典銜接起來。這是一次非常關鍵的迴旋，當然也使自己處在一個極其尷尬的位置。

他落入腹背受敵的境地。守舊文人批評他過於悖離傳統，現代詩人則詬病他不夠激進。前者可以從他新詩論戰的經驗獲得印證，後者則是他與洛夫展開詩史所艷稱的「天狼星論戰」得到詮釋。余光中與洛夫的論戰，其意義可能不僅止於兩人之間詩觀的爭衡，對於高度現代化運動的詩壇顯然也帶來強烈暗示。余光中藉由論戰而得到一次反省的機會，浮現在他的思考的一個重要問題是：何謂現代精神？

所謂現代，在一九六〇年代的許多詩人的認識裡，似乎是反叛、虛無、晦澀的同義詞。如果這是依據西方的理論，應該可以成立。但是余光中認為「現代」的定義，並不必然都要追隨西方，臺灣自有其獨特的現代，其精神與內容都是來自臺灣歷史與現實的情境。詩是詩人所處時代的一個產物，而不是外來理論的副產品。當他開始這樣理解，現代主義精神幾乎已經具有在地化的傾向。技巧可以借自西方，但文學內容則是來自詩人所賴以生存的土地。余光中的覺悟，終於掙脫「現代」的夢魘、「主義」的枷鎖，而能夠在中國與西方之間、現代與古典之間自由出入。他並沒有另起爐灶，而是在既有的火焰上添柴加油。詩情從此燒得更爲旺盛，開啓《蓮的聯想》以後的道路。

余光中在一九六二年進入自稱的新古典時期，曾經引來訕笑。但是，經過澈悟之後，他已完全分辨清楚什麼是理論，什麼是文學？他也頗具自信，理解什麼是屬於外來影響，什麼是屬於他自己。他爲自己的詩藝做了解釋：「《蓮的聯想》，無論在文白的相互浮雕上，單軌句法與雙軌句法的對比上，工整的分段與不規則的分行之間的變化上，都是二元的手法。」不少印象派的讀者，都只控訴他的作品是古典詩詞的還魂，卻懶於去挖掘詩作中的內在變化。

事實上，所謂新古典是表象，新的實驗才是眞相。很少有一位詩人願意以整冊詩集去試探文字的張力、想像的迴轉、音樂的升降、節奏的遲速。他放膽在詩行裡實驗句法可以層層剝開，又可聚集累積，使讀者猶似透過三稜鏡，看到繁複多變的結構與顏色。這樣的實踐，協助他抵達稍後的《敲打樂》與《在冷戰的年代》。穿越這兩冊詩集，余光中已具備高度自信，純熟地運用文字先天的婀娜多姿，來描摹他處在動盪年代內心的掙扎與翻騰。《敲打樂》是長詩，節奏明快，卻反襯靈魂的躁鬱。《在冷戰的年代》則相當穩定地抒發個人情感的抑揚頓挫，有一種成熟圓潤的沉澱。

許多經典作品都在這段時期誕生，〈雙人床〉、〈火浴〉、〈如果遠方有戰爭〉、〈或者所謂春天〉、〈蠋夢蝶〉、〈在冷戰的年代〉、〈炊煙〉，幾乎是篇篇可讀，句句可誦。他掌握文字能力之精確，已經可以使平面文字化爲立體舞姿，使靜態想像轉成生動節奏。他有一枝點石成金的筆，所到之處，均能化腐朽爲神奇。這是極具關鍵的歷程，余光中蓄積更爲充沛的力量，推擁自己進入《白玉苦瓜》的時期，也是他營造三度空間的重要階段。藉他的話來說正是：「現代詩的三度空間或許便是縱的歷史感，橫的地域感，加上縱橫相交而成十字路口的現實感。」〈白玉苦瓜〉這首詩，是現代詩人隔空向歷史情境召喚的一個嘗試，也是使具體的極致藝術納入文字寶盒的一種企圖。這首詩，既要求詩人必須要有敏銳的觀察與想像，也必須有靈巧近乎神的文字恰當安放具體的玉器苦瓜，更需有一顆纖細的心去推測玉品藝術創作者的靈魂。如果不致過於誇張，〈白玉苦瓜〉不但可視爲余光中的生命之作，也是代表臺灣現代詩運動到達的一個峰頂。

通過這場文字鍊金術的考驗，余光中的詩藝已臻爐火純青的境界。他在一九七四後香港時期完成的詩集：《與永恆拔河》、《隔水觀音》、《紫荊賦》，繼續維持三度空間的技巧。香港十年，是離台最久的一次旅居，卻未嘗稍挫詩情。他不斷上升的姿態，既在詩壇鞏固了地位，也在詩史上穩坐一個非常安全的位置。〈甘地之死〉、〈甘地朝海〉、〈甘地紡紗〉的三連作，證明跨過五十歲以後的余光中，仍然保持旺盛的想像，卻以內斂、節制的方式來呈現。

一九八五年回到臺灣高雄之後，他的創造力依舊銳不可擋。先後完成的《夢與地理》、《安石榴》、《五行無阻》、《高樓對海》，詩風益形沉穩，而他兼容並蓄的思維則絲毫不變。幽默、嘲弄、調侃的詩作仍層出不窮。悲憤、憂愁、鬱悶的情緒也從未稍加掩飾。但是，開朗、明快、喜悅的節奏更勝於從前。他的筆可以干涉政治氣象，也可以批評現實環境，更可以歌頌鄉土生活。他的心靈與臺灣社會脈動起落有致地相互呼應。如果說他的詩寫得很「台」，亦不爲過。

這本詩選橫跨他的逐詩生涯前後六十年。他在一九七二年寫過一篇文章〈大詩人的條件〉，引述英國詩人奧登的見解，計有五條：第一、必須多產，第二、題材廣闊，第三、具創造性，第四、技巧獨特，第五、風格多變。寫這篇文章時他才跨過中年，似乎是在對自己提出期許。今年八十歲的余光中，已經到達可以自我檢驗的階段。繆思有靈，如果檢查他繳出的成績，上述五個條件必然都可通關。

重新走過一次他全部的詩作，彷彿是再度造訪他深邃精緻的心靈世界。這冊詩選的編輯次序，乃依照創作先後羅列，而部分詩集則是創作多年後始出版，亦可供讀者覆按。拈出的每首詩，都反映著詩人在不同時期所展現的技巧與風格。閱讀他的語法與節奏，往往可以體會其中所造成的升降跌宕；有時是從沙岸沉向深海，有時從平原飛向高山。無論是詠人或詠物，讓讀者可以回望歷史，也可以俯視現實。他對生命的擁抱，堅持而穩定；對愛情的執著，熾熱而柔軟。從六十年前出發，到今年八十歲，他創作的爆發力，始終維持上升的狀態。飛揚之後，又繼續飛揚。

從一千首詩選出代表作，絕對是一項嚴峻的挑戰。追隨余光中長達四十年，也無法客觀選出最爲周延的作品。重讀他全部詩作，如面對浩瀚大海，如仰望崇山峻嶺，内心只能暗自讚嘆驚呼。他以畢生的努力鍛造詩魂，已爲臺灣、中國、世界創造新的典範：詩藝追求，窮其一生，止於至善。

第一輯

臺北時期

沉思
——南海舟中望星有感

波濤在互相呼喚：
午夜的海在打鼾？
起伏的水面是他的胸膛，
我感到他心的震顫！

海風把薄霧慢慢地牽開，
一顆顆的星星漸漸醒來，

智慧的眼睛默視著大海，
我想起中外的無盡天才；

最高的星星莫非是李白？
最亮的星星一定是雪萊！
最遠的那顆恐怕是濟慈，
最怪的那顆可是柯立治？

瘋狂的變亂祗是一時，
詩人的精神永遠不死；
眞理的叛徒終成彗星，
惟有眞理像恆星光明。

一九五〇年八月六日

舟子的悲歌

一張破老的白帆
漏去了清風一半，
却引來海鷗兩三。
荒寂的海上誰做伴？
啊！沒有伴！沒有伴！
除了黃昏一片雲，
除了午夜一顆星，

除了心頭一個影，
還有一卷惠特曼。

我心裏有一首歌，
好久，好久
都不曾唱過。
今晚我敞開胸懷艙裏臥，
不怕那海鷗偷笑我：
它那歌喉也差不多！
我唱起歌來大海你來和：
男低音是浪和波，
男高音是我。

昨夜，

月光在海上鋪一條金路，
渡我的夢回到大陸。
在那淡淡的月光下，
彷彿我瞥見臉色更淡的老母。
我發狂地跑上去，
（一顆童心在腔裏歡舞！）
啊！何處是老母？
荒煙衰草叢裏，有新墳無數！

一九五一年四月二十四日

附註：惠特曼指美國海洋詩人Walt Whitman。

昨夜你對我一笑

昨夜你對我一笑，
到如今餘音嫋嫋，
我化作一葉小舟，
隨音波上下飄搖。

昨夜你對我一笑，
酒渦裏掀起狂濤；

我化作一片落花，
在渦裏左右打繞。

昨夜你對我一笑，
啊！
我開始有了驕傲：
打開記憶的盒子，
守財奴似地，
又數了一遍財寶。

一九五一年四月十二日

七夕

秋雁卸盡兩翼的日色，
繁星向銀河兩岸圍集；
牛郎在牛背吹起牧笛，
渡河把他的織女擁接。

沒有悲嘆，也沒有飲泣，
用默默的凝視默訴憐惜。

錯過今夜永恆的刹那，
要再守三百六十五夕！

「爲何這銀河永不會枯竭，
讓我過河來長伴你苦織？
爲何這銀河不泛成大海，
把我倆向海底一起沉溺？

「看暗空又悄墮一片隕石，
我聽到黎明的步聲緊逼。
我送你背影在渡頭消失，
用淚眼向笛聲斷處尋覓。」

一九五一年七夕

詩人之歌

對任何的暴力不將頭垂下，
我自由的歌聲誰敢定市價？
我與其做一隻討好的喜鵲，
不如做一隻告警的烏鴉。

無聲的音樂比有聲的更好，
到秋天就該有沉默的驕傲。

我與其做一隻青蛙亂鳴，
不如做一隻啞嘴的夜鶯。

清亮的歌聲要響在林間，
到街頭狂呼總不大自然。
讓孔雀去公園把顏色展覽，
但海鷗守一片潔白的孤單。

我不能做一隻吱吱的麻雀，
聽起來和同伴都差不很多。
我要叫就要人把耳朵豎起，
像一聲梟啼把長夜驚破！

讓濟慈做一隻哀吟的夜鶯，

讓雪萊做一隻歡呼的雲雀，
讓華茲華斯做一隻杜宇，
讓莎士比亞做一隻天鵝。

而我呀要做無歌的蒼鷹，
暴風雨來時要飛向天頂，
像一支勁弩突破了雲陣，
追我的電光也無處可尋！

一九五二年五月二十八日詩人節

孤舟夜航記

新月從海底靜靜地升上，
像一座神秘的黃金小島，
又像是古代沉沒的鬼舟
在荒寂的夜裏湧出波濤。
月光跌碎在微風的水面，
化成了一萬隻飛螢閃耀；
飛螢照亮了一長條海水，

從渺渺的天際直到船腰。

是何處飛來的一隻水鳥，
要和我共分午夜的寂寥；
又背著月光撲一撲翅膀，
像一個水手的幽魂啼叫：
那古代沉舟舟子的幽魂，
在海上隨風浪到處流飄，
在一個永恆的懷鄉夢裏，
把來自故國的船兒繚繞？

海風斜倚在破帆的懷裏，
哼一首時斷時續的悲歌。
破帆在船頭投一片巨影，

讓我在巨影的深處仰臥；
它怕那深夜冷冷的月光
照得我顫抖沒地方藏躲，
沒想到它自己烏衣單薄，
而單薄的烏衣又已殘破！

我披散的頭髮感到沉重；
帆尾泣下了閃閃的露珠。
是誰在海上撒一張霧網，
把清亮的月光暗暗捕捉？
那繞著帆尖啾啾的水鳥
衝破了霧網又飛向何處？
我獨自恐怖地伏在船頭，
等待那東方漸漸地破曙。

一九五二年七月二十四日夜

弔濟慈

——濟慈逝世百卅二週年紀念

像彗星一樣短命的詩人，
卻留下比恆星長壽的詩章，
透過了時間那縹緲的雲影，
在高寒的天頂隱隱閃亮。

誰說你名字是寫在水上？
美的創作是永恆的歡暢，

普照著人類像是太陽，
照亮了西土，照亮東方。

你在烽火遍地的人間，
造一座幽邃的伊甸樂園；
日落後我常去園中靜坐，
仰聽那深藏的夜鶯低唱。

二十六年的悲慘生涯
凝結成天才的淚珠一顆，
緩緩地，默默地，
在世界冰冷的臉上流過。

地中海岸的春波漸暖，

羅馬的墓草多麼柔軟，
你枕的卻是異鄉的泥土，
不是親愛的芬妮的臂彎。

雪萊的墳墓就在你近旁，
但雲雀和夜鶯都已停唱；
一片寂寞落在我心上，
這無聲的音樂使我悲傷！

一九五三年二月二十三日

珍妮的辮子

當初我認識珍妮的時候，
她還是一個很小的姑娘，
長長的辮子飄在背後，
像一對夢幻的翅膀。

但那是很久，很久的事了，
我很久，很久沒見過她。

人家說珍妮已長大了，
長長的辮子變成捲髮。

昨天在路上我遇見珍妮，
她拋我一朵鮮紅的微笑，
但是我差一點哭出聲來，
珍妮的辮子哪兒去了？

一九五三年一月二十一日夜

聽鋼琴有憶

傍晚我沿著曲折的幽徑，
向深林的深處緩緩獨行。

路邊的小鳥慇懃地問我：
日暮時來林中尋找什麼？

「我不曾尋找，我不曾遺失，
我不過乘興遨遊來此。」

於是我繼續向前面漫行，
被藏在暗處的水聲誘引。

漸漸我覺得那潺潺的流泉
好像在哪兒我曾經聽見。

再向前走不到幾步，我想，
就能夠嗅到一陣清香。

是嗎？我如此迷惘地問著自己：
心裏冒起了一陣陣驚疑。

忽然我踩到了一條樹根，
一陣震顫麻過我全身。

我霍地停步，我轉身回顧，
是的，就是這路旁的這棵巨樹！
就是在此地！就是在此地！
就是在此地我常來哭泣！
發狂地我奔過前面的彎路，
在一座小十字架前停住！

一九五四年五月三日

給惠特曼

——Walt Whitman 誕生百卅五週年紀念

惠特曼，你民主的詩人，
二十世紀需要你雄壯的歌聲！
這民主的暗夜的二十世紀，
當自由女神那微弱的火光，
已經照不到大半個地球，
照不到受難者臉上的痛苦和絕望。
惠特曼，你民主的詩人，

二十世紀需要你嘹亮的歌聲！

是你第一個從古代的夢裏醒來，
像赫九力士，你奮臂掙扎，
掙扎，掙扎，把舊的詩律掙開；
當沉重的鐵鏈砉然墮地，
同時便墮下了新詩那健壯的嬰孩。
是你第一個從古代的夢裏醒來，
你，站在你新詩的天文台上，
發現了整座的銀河——人民，
發現這新的銀河是轉動著宇宙的軸心，
像哥白尼克斯和加里略
發現了太陽在太陽系的中央，
發現了是地球環繞著太陽。

是你第一個在新詩的曠野，
發現了人，人和他自己，
於是你大聲地歌頌自己，
歌頌自尊而自由的個人。
在這充滿了歌頌別人的二十世紀，
這將是多麼可貴的有力的歌聲！

是你第一個警告這萬物之靈的人類，
你逼著我們問：「靈在哪裏？」
是因爲動物不會向同類下跪，
而人會跪向別人，或是要別人跪向自己？
是因爲動物不會在白天虛僞地裝笑？
是因爲動物不會在夜間慚愧地悲泣？

惠特曼，你民主的詩人！
詩中的哥白尼克斯，詩中的林肯！
二十世紀需要你粗獷的呼聲！
暴君們怕聽你預言般的警告，
像黑夜將盡的幢幢鬼影，
怕聽那一聲聲啼雞催曉。

吼吧，惠特曼！你人民的歌手！
吼醒二十世紀這一場惡夢！
讓二十世紀充滿了你的怒吼，
像枯萎的秋林掃過了一陣西風！

惠特曼，你民主的詩人！
二十世紀需要你嘹亮的歌聲！

你的呼吸是澎湃的大海。
像華茲華斯呼密爾頓歸來，
我站在二十世紀的岸邊呼你：
歸來吧，惠特曼！回到這二十世紀！

一九五四年五月十六日

飲一八四二年葡萄酒

晚春某夜，偕夏菁敬義往謁梁實秋先生。言談甚歡，主人以酒饗客。余畏白蘭地味濃，梁公乃出所藏一八四二年葡萄酒飲予。酒味芳醇，古意盎然，遂有感賦此。

何等芳醇而又鮮紅的葡萄的血液！
如此暖暖地，緩緩地注入了我的胸膛，
使我歡愉的心中孕滿了南歐的夏夜，

孕滿了地中海岸邊金黃色的陽光，
　和普羅汪斯夜鶯的歌唱。
當纖纖的手指將你們初次從枝頭摘下，
圓潤而豐滿，飽孕著生命緋色的血漿，
白朗寧和伊麗莎白還不曾私奔過海峽，
但馬佐卡島上已棲息喬治桑和蕭邦，
　雪萊初躺在濟慈的墓旁。
那時你們正纍纍倒垂，在葡萄架頂，
被對岸非洲吹來的暖風拂得微微擺蕩；
到夜裏，更默然仰望著南歐的繁星，
也許還有人相會在架底，就著星光，
　吮飲甜於我杯中的甘釀。

也許，啊，也許有一顆熟透的葡萄
因不勝蜜汁的重負而悄然墜下，
驚動吻中的人影，引他們相視一笑，
聽遠處是誰歌小夜曲，是誰伴吉他；
　生命在暖密的夏夜開花。

但是這一切都已經隨那個夏季枯萎。
數萬里外，一百年前，他人的往事
除了微醉的我，還有誰知道？還有誰
能追憶那一座墓裏埋著採摘的手指？
　她寧貼的愛撫早已消逝！

一切都逝了，只有我掌中的這只魔杯

還盛著一世紀前異國的春晚和夏晨！
青紫色的僵屍早已腐朽，化成了草灰，
而遺下的血液仍如此鮮紅，尚有餘溫
　來染溼東方少年的嘴唇。

一九五五年九月二十九日夜

白髮

這是母親的一縷白髮，
　疲倦地伏在我掌上。
如此纖細的弱絲已經
　縛不住時間的翅膀，
但是它依然緊緊地繫住
　我泊於夢境的童心；

它引我重訪深邃的記憶，
　像一條曲折的幽徑。
多麼古老的記憶！像人類
　回想伊甸園的晨霧。
我恍如秋日瓶中的插花，
　在懷念四月的泥土。

往日我曾爲少女的雲鬢
　哭暗了眼中的亮光，
但如今一彎白髮卻激起
　我更深的悵惘。

正如一張野心勃勃的幼葉，

從地下直爬上樹尖，
等到捕倦了空幻的雲影，
又落回樹根來安眠。

一九五六年四月二十六日

世紀的夢

中世紀如神龕中的一縷清香，
消失在修道院黃昏的鐘聲，
和神父們喃喃的拉丁文裏。

十八世紀如貴婦扇底的一陣風，
消失在擠滿了戴假髮，吸鼻煙，
而且深深鞠躬的伯爵們的客廳裏。

二十世紀是寂寞的；二十世紀
亦將如一縷香，一陣風，一聲痛苦的悲啼，
消失在蕈狀雲裏，只留下一閃金色的夢——

夢見二十一世紀，當聯合國胖胖的職員
在冷落的大會議聽中作長夏之午憩；
當印第安人，尼格羅人，高加索人和蒙古利亞人
談笑著，乘豪華的太空郵船去火星遊歷。

一九五七年四月十一日

浮雕集

Alexander Pope

十八世紀詩壇的蒙面俠，爲繆斯護駕，
以英雄式雙刃的匕首一把。

P. B. Shelley

伊甸園的鎖鏽了，你的金鑰匙不能開啓。

廣島上空有使你落淚的蕈狀雲；
解放了的普羅米修斯又關進集中營了；
匈牙利的草原上，爲何雲雀的歌聲停了？

Edgar Allan Poe

誤生於新大陸的歐洲人，
當惠特曼在一張草葉上讀到上帝的名字，
你卻在鴉瞳中窺見地獄的影子。

我想邀你去同看希區考克的謀殺片。
我的信應該送給希臘的私奔皇后，
還是普魯陀黑色的冥城？

Emily Dickinson

上帝膝上一個頑皮的女兒，
玩流星的彈子於你小小的掌心。
你在園中開一個化裝舞會，
邀來善變的四季，美眸的晨與昏。

Oscar Wilde

最美的花仍需植根於污泥。
而你，一朵蒼白的水仙花，投無根的影
於里丁獄悔罪的淚裏。

Rudyard Kipling

大英帝國的不落日終於落了，
落入甘地餓空的肚裏。
昨日的光榮是明日的尼尼微的廢墟。
重遊印度時，寫一首詠史詩吧，
當你繞過好望角，遙念蘇彝士。

一九五七年七月二十六日

羿射九日

屹立於泰山的最高峰，下臨龜裂的茫茫九州，
背後是沸騰的黃海，煮一鍋長蛟和巨鯨，
我拉開烏號的神弓，搭一枝綦衛的勁矢，
仰視九日，以清秋雄鵰的眼睛。

鳳凰已焚化，麒麟已渴死，彗星出沒於白晝。
焦黑的叢樹伸一千億魔鬼痙攣的手掌。

我憤怒，我憎恨，我鄙視暴君群的太陽。
憤怒賦我以屠神的膽量；我竟敢
以一個凡人邀九尊火神來決鬥，
以一箭要射落十分之一的宇宙，
不畏天譴，不畏燄獄的無期徒刑！

將英雄的意志託付給遠征的箭，
它埋伏我懷中，一個欲與光競賽的萬米選手；
將戰士的決心託付給不屈的弓，
它奮臂掙扎，要拉直我的命運之弦；
將反抗者的憤怒燃亮我仰視的眸；
九日諠譁著，急轉如一群光之刺蝟，刺我以白熱的鏢槍，
而又轟笑著，笑我即將如蝙蝠之全盲！

指的乍放，弦的驟直，箭的頓足而躍起，
九千三百萬哩的距離向它的速度投降。
接著是宇宙的痙攣，天河的決堤，盤古的倉皇坐起，
一座神的傾倒，一個星的毀滅，一陣隕石如紅瀑布之譁然濺地！
女媧氏，煉更多的五色石去補天！
崦嵫山後埋九個太陽的屍體。
你看，箭壺空了，蕩蕩的太空也空了，
你看西方擎十萬火把，爲諸神舉行葬禮。

然而這並非黃昏。轉身向騷動的大海，
我振臂朝升起的第十個太陽狂呼：
「孤獨的神啊，我留你照亮這世界，
我是神的叛徒，我是屠日士，我是后羿！」

一九五七年八月十二日午

西螺大橋

矗然，鋼的靈魂醒著。
嚴肅的靜鏗鏘著。

西螺平原的海風猛撼著這座
力的圖案，美的網，猛撼著這座
意志之塔的每一根神經，
猛撼著，而且絕望地嘯著。

而鐵釘的齒緊緊咬著，鐵臂的手緊緊握著
嚴肅的靜。

於是，我的靈魂也醒了，我知道
既渡的我將異於
未渡的我，我知道
彼岸的我不能復原爲
此岸的我。
但命運自神秘的一點伸過來
一千條歡迎的臂，我必須渡河。

面臨通向另一個世界的
走廊，我微微地顫抖。
但西螺平原的壯闊的風

迎面撲來，告我以海在彼端，
我微微地顫抖，但是我
必須渡河！

矗立著，龐大的沉默。
醒著，鋼的靈魂。

一九五八年三月十三日

附註：三月七日與夏菁同車北返，將渡西螺大橋，停車攝影多幀。守橋警員向我借望遠鏡窺望橋的彼端良久，且說：「守橋這麼久，一直還不知道那一頭是甚麼樣子呢！」

奇蹟

始終不曾發生，
當我跪在母親彌留的榻前，
數著以淚滴串成的念珠，
　祈禱，不斷地祈禱。

南丁格爾們以紅色的生命之流
注入一個退潮中的軀體——

一如三十年前，一個年輕的母親，
（此刻仰癱在牀上，萎縮而衰老）
通過一條臍帶，亦曾注我以生命，以一個女人
　全部的愛與生命。
緊緊地，我握住一隻蒼白的手——
母親的血在我河牀裏奔流，流不回
　一滴，殷紅而飽滿的，
　到她的源頭。

生命的晚潮退盡時，故國的港口凍了，
（流浪的日子從此開始）
永恆的大霧起時，港口的燈塔熄了，
（羅盤的方向失去了憑藉）
凍了，撫過我短髮的手，

凍了，吻過我嬰頰的唇，
凍了，孕過我十月的創世紀的
　子宮，凍了，爲何一切都凍了？爲何
死亡的雕像已經完成？

七月四日的清晨，四時十五分，
一扇隔音的門，開啓復關閉。
我被拒於門外，狂呼著
母親，再見了，我的母親……

一九五八年七月十日

芝加哥

新大陸的大蜘蛛雄踞在
密網的中央，吞食著天文數字的小昆蟲，
且消化之以它的毒液。
而我撲進去，我落入網裏——
一隻來自亞熱帶的
　　　　　　　難以消化的
金甲蟲。

文明的獸群，摩天大廈們壓我
以立體的冷淡，以陰險的幾何圖形
壓我，以數字後面的許多零
壓我，壓我，但壓不斷
飄逸於異鄉人的灰目中的
　西方的地平線。

迷路於鋼的大峽谷中，日落得更早——
（他要赴南中國海黎明的野宴）
鐘樓的指揮杖挑起了黃昏的序曲，
幽渺地，自藍得傷心的密歇根湖底。

爵士樂拂來時，街燈簇簇地開了。
色斯風打著滾，瘋狂的世紀病發了——

罪惡在成熟，夜總會裏有蛇和夏娃，
而黑人貓叫著，將上帝溺死在杯裏。

而歷史的禁地，嚴肅的藝術館前，
巨壁上的波斯人在守夜，
盲目的石獅子在守夜，
襤褸的時代逡巡著，不敢踏上它
高高的石級。
而十九世紀在醒著，文藝復興在醒著，
德拉克魯瓦在醒著，羅丹在醒著，
許多靈魂在失眠著，耳語著，聽著，
聽著——
門外，二十世紀崩潰的喧囂。

一九五八年十月二十五日

萬聖節

自十月的黃昏回來，走索於
低音大提琴的弦上
一步一聲，踩出不祥的迴響
暮色驚醒了，從南瓜田裏
昂首窺我

嘎聲在笑的女巫們

（許多三角形組成的噪音）
飛去廊上的南瓜燈裏開晚會
掃我的鼻尖以小小帚的尾巴

新收割過的乾草地上
僵立著禾堆的三K黨
幽靈群繞他們跳死亡之舞
燐質的脛骨擊起暗藍的火花
此刻此刻擦擦
此刻此刻擦擦
——擦擦
——擦擦
月輪升起，一聲銅鐃的巨鳴

然後是死寂，孕著不安，然後
是許多短音符的潰逃
沿著豎琴的滑梯

一九五九年二月二十六日夜

附註：十月三十一日爲萬聖節之前夕（Halloween），英美民間舊俗皆以是夕爲鬼巫狂舞之夜，家家門首皆置大南瓜，中空有洞，望之如人面。第三段末四行係擬聲，宜急讀。

毛玻璃外

毛玻璃的三月，
冬之平面外逡巡著
太陽的銅像。

異鄉人的灰瞳子
將油畫的原作竟遺在
亞熱帶一港上。

而此地，在北美洲的大平原，
它們只能，用雪的六角形與互眺的平行線，
作抽象藝術之構圖了。

下午之旅，我迷途於
白色的處女沙漠，
始終納罕著，爲何這零下的空間
不浮起一座
海市的謎，玲瓏而遠。

一九五九年三月五日晨

當八月來時

當八月來時，當八月來時
我常如此地喃喃——
當八月來時，我將摘下悲劇的面具，
還給駝背的沙浮克利斯，
且和他握最後一次手。
當八月來時，我將植你於
瞳之堤，作一朵水仙，

而你將在我黑水晶的圓舞台上
變幻芭蕾之多姿，
當八月來時……

當八月來時，我們的生命
再將度開始，我們將有
第二個蜜月，檸檬黃的輪迴
（因我曾死過不止一次）。我們將有
第二度的羞怯，好奇，與發現。
我將帶給你一船西半球的故事，
當八月來時……

而此刻，季節的重門很冷，很深。
苦修僧的靈魂正跪在

無光的中世紀裏，數著
秒與秒串成的檀香念珠，向你祈禱。

一九五九年三月五日夜

呼吸的需要

因我也是一棵
鄉土觀念很重的
雙葉科的被子植物，
且有一定的花季。

常想自殺
在下午與夜的

可疑地帶。

而我曾死過
不止一次。
因此，在死的背景上畫生命，
更具浮雕的美了。

因此，我是如此的
想把握這世界，
而伸出許多手指來抓住泥土，
張開許多肺葉來深呼吸
早春的，處女空氣

一九五九年三月九日晨

答案？

常想突然拔人猿之長嘯
刺死逼我的寂寞

不能恆立於赤道
在秋分的正午
踩沒自己的影子
因此我的憂鬱

有了長度

夢遊在喧囂構成的淒涼裏
鋼鐵的圖案常使我迷途
啊，世紀很遼闊，時間很冷
我曾經站在密歇根湖邊
看對岸，芝加哥的蜃樓與海市

啊，世紀很遼闊，時間很冷
長安在漢代，人在五陵

綠燈滅了，警笛和喇叭代替
歷史的鼙鼓和淚的伴奏。何以
我恆被阻於紅燈的仇視？何以

我恆被誤置於時空的座標紙？
何以我恆被擱淺在此？

而一過四點，建築物的陰影
都向我爬來，一過四點
杞人的恐怖症便復發了
神經的網上便交叉駛過
許多高速的感覺，向無人地帶

而人總是在五陵
長安總是在漢代

總是一過四點
世界便將假面具脫下

總是一過四點
我不再認識二十世紀
我不再認識我自己
（而記憶都刻在
碑的反面）
我要擲鏡，我要狂奔

而夜總是這麼仁慈
天鵝絨的純黑
是我的保護色，讓我從容
向星座的密碼求解
抽象美的答案

一九五九年三月十七日夜

五陵少年

颱風季，巴士峽的水族很擁擠
我的血系中有一條黃河的支流
黃河太冷，需要摻大量的酒精
浮動在杯底的是我的家譜
喂！　再來杯高粱！

我的怒中有燧人氏，淚中有大禹

我的耳中有涿鹿的鼓聲
傳說祖父射落了九隻太陽
有一位叔叔的名字能嚇退單于
聽見沒有？　來一瓶高粱！

千金裘在拍賣行的櫥窗裏掛著
當掉五花馬只剩下關節炎
再沒有週末在西門町等我
於是枕頭下孵一窩武俠小說
來一瓶高粱哪，店小二！

重傷風能造成英雄的幻覺
當咳嗽從蛙鳴進步到狼嗥
肋骨搖響瘋人院的鐵柵

一陣龍捲風便自肺中拔起
沒關係，我起碼再三杯！
末班巴士的幽靈在作祟
雨衣！　我的雨衣呢？　六蓆的
榻榻米上，失眠在等我
等我闖六條無燈的長街
不要扶，我沒醉！

一九六〇年十月

圓通寺

大哉此鏡！看我立其湄
竟無水仙之倒影
想花已不黏身，光已暢行
比丘尼，如果青銅鐘叩起
聽一些年代滑落蒼苔
自盤古的圓顱

塔頂是印度的雲，塔底是母親
啓骨灰匣，可窺我的臍帶
聯繫的一切，曾經

母親在此，母親不在此
釋迦在此，釋迦不在此
釋迦恆躲在碑的反面

佛在唐，佛在敦煌
諾，佛就坐在那婆羅樹下
在搖籃之前，在棺蓋之後
而獅不吼，而鐘不鳴，而佛不語

數百級下，女兒的哭聲
喚我回去，回後半生

一九六〇年十二月

重上大度山

姑且步黑暗的龍脊而下
用觸覺透視
也可以走完這一列中世紀
小葉和聰聰
撥開你長睫上重重的夜
就發現神話很守時
星空，非常希臘

小葉在左，聰聰在右
想此行多不寂寞
燦亮的古典在上，張著洪荒
類此的森嚴不屬於詩人，屬於先知
看諾，何以星隕如此，夜尚未央
何以星隕如此

明日太陽照例要升起
以六十哩時速我照例要貫穿
要貫穿縱貫線，那些隧道
那些成串的絕望
而哪一塊隕石上你們將並坐
向攤開的奧德賽，嗅愛琴海
十月的貿易風中，有海藻醒來

風自左至，讓我行你右
看天狼出沒
在誰的髮波

一九六一年十月十二日

春天，遂想起

春天，遂想起
江南，唐詩裏的江南，九歲時
採桑葉於其中，捉蜻蜓於其中
（可以從基隆港回去的）
江南
　小杜的江南
蘇小小的江南

遂想起多蓮的湖，多菱的湖
多螃蟹的湖，多湖的江南
吳王和越王的小戰場
（那場戰爭是夠美的）
　逃了西施
　失蹤了范蠡
失蹤在酒旗招展的
（從松山飛三小時就到的）
　乾隆皇帝的江南

春天，遂想起遍地垂柳
　的江南，想起
太湖濱一漁港，想起
那麼多的表妹，走過柳堤

（我只能娶其中的一朵！）
走過柳堤，那許多表妹
　就那麼任伊老了
　任伊老了，在江南
　（噴射雲三小時的江南）

即使見面，她們也不會陪我
陪我去採蓮，陪我去採菱
即使見面，見面在江南
　在杏花春雨的江南
　在江南的杏花村
　（借問酒家何處）
　何處有我的母親
復活節，不復活的是我的母親

一個江南小女孩變成的母親
清明節，母親在喊我，在圓通寺
喊我，在海峽這邊
喊我，在海峽那邊
喊，在江南，在江南
多寺的江南，多亭的
江南，多風箏的
江南啊，鐘聲裏
的江南
（站在基隆港，想——想
想回也回不去的）
多燕子的江南

一九六二年四月二十九日午夜

黑雲母

——獻給未見亡兒的妻

在黑雲母的太空下，即使焚盡
祭壇千叢的白燭，也照不亮
大壁畫的洪荒。　你的瞳仁
遂抖開切膚切膚的寒芒，金剛石匠
劈破一方方易碎的水晶
（莫掀開你的黑衣裳啊黑衣裳）

水晶墜地水晶墜地啊水晶，停步停步，聽！
千年的石鐘乳，永恆的鬚上滴下了時間
立在光年的廣場上，雕像
聽八方八方的寂寞匯向中央
且聚集在你的睫尖上
　（莫掀開你的黑衣裳啊黑衣裳）

讓將要完整的，我說，凝結得更硬
更完整。　寂寞很敏感
用你的鼻尖搔我的耳輪，反覆地說
說原始，說現代，未來，原始，未來
黑雲母的四壁將隱隱約約有迴音
　（莫掀開你的黑衣裳啊黑衣裳）

風將從黑雲母的縫中吹來
我將牽你的黑衣裳，恐你吹去
吹去星座空廓的廢墟
當風吹來，從洪荒之外，原始之前
吹你成一則寓言的寓言
　（莫掀開你的黑衣裳啊黑衣裳）

你的髮將揚起揚起，且網羅夜空
大熊和小熊將狂舞，在你的髮中
我將埋臉在黑色的急湍裏
任你揚髮如張開千臂
將我的頸項啊纏繞啊纏繞
　（莫掀起啊你的緇衣啊緇衣）

咳嗽季，地面只有零落的眼睛，空中
零零啊落落的神話，這是
天文學家讀宇宙的時辰
盜賊的時辰，情人讀牀的時辰
鼠齒鼠齒在貓瞳外噬咬幽靈的邊境
　（莫掀起你的黑衣裳啊黑衣裳）

十一月的風中，有梟梟的輓歌升起
你曳著哀戚的長髮，赤足歸來
你踏著遍地的毒菌歸來
眼中溼著悲劇，懷中抱著
一個已經無救的嬰孩
　（但莫掀開啊你的黑衣裳啊莫掀開）

莫掀開你的黑衣裳啊黑衣裳！
（即使踏著遍地的毒菌）
莫掀開你的灰面紗啊灰面紗！
（即使在黑雲母的太空下，即使）
莫掀開啊你的黑衣裳啊黑衣裳！
（在黑雲母的太空下）

一九六三年十二月二十四日午夜

蓮的聯想

已經進入中年，還如此迷信
　迷信著美
對此蓮池，我欲下跪
想起愛情已死了很久
　想起愛情
最初的煩惱，最後的玩具

想起西方，水仙已渴斃了
　拜倫的墳上
爲一隻死蟬，鴉在爭吵
戰爭不因漢明威不在而停止
　仍有人歡喜
在這種火光中來寫日記
虛無成爲流行的癌症
　當黃昏來襲
許多靈魂便告別肉體
我的卻拒絕遠行，我願在此
　伴每一朵蓮

守小千世界，守住神秘
是以東方甚遠，東方甚近
　心中有神
則蓮合為座，蓮疊如台
諾，葉何田田，蓮何翩翩
　你可能想像
美在其中，神在其上
我在其側，我在其間，我是蜻蜓
　風中有塵
有火藥味。　需要拭淚，我的眼睛

一九六一年十一月十日

等你，在雨中

等你，在雨中，在造虹的雨中
　蟬聲沉落，蛙聲昇起
一池的紅蓮如紅焰，在雨中

你來不來都一樣，竟感覺
　每朵蓮都像你
尤其隔著黃昏，隔著這樣的細雨

永恆，刹那，刹那，永恆
　等你，在時間之外
在時間之內，等你，在刹那，在永恆
如果你的手在我的手裏，此刻
　如果你的清芬
在我的鼻孔，我會說，小情人
諾，這隻手應該採蓮，在吳宮
　這隻手應該
搖一柄桂槳，在木蘭舟中
一顆星懸在科學館的飛簷

耳墜子一般地懸著
瑞士錶說都七點了。　忽然你走來
步雨後的紅蓮，翩翩，你走來
　像一首小令
從一則愛情的典故裏你走來
從姜白石的詞裏，有韻地，你走來

一九六二年五月二十七日夜

音樂會

所有的白鍵剛剛哭過
一隻黑鍵
委屈在一隅幽幽地泣著
黑鍵哭得很玄
白鍵哭得很哀怨
那女孩，還不來
白鍵白鍵黑鍵啊白鍵

那女孩，還不來

窗外有沒有下雨？ 窗外
無雨。 長長的街道斟滿了月光
音樂如雨，音樂雨下著
聽眾在雨中坐著，許多溼透的靈魂
快樂或不快樂地坐著，沒有人張傘
（還不來，那女孩
　還不來啊還不來！）
黑鍵黑鍵白鍵啊黑鍵

那女孩啊那女孩
音樂雨流過我的髮，我的額際
音樂雨流來，涼涼地，音樂雨

流去。　音樂雨啊音樂雨
音樂漱過鋼琴的白齒
（白齒白齒啊白齒）
蕭邦啊蕭邦，蕭邦猶不忘
（黑鍵黑鍵啊黑鍵）
忘不了啊喬治桑啊喬治桑
蕭邦死在上一個世紀
（那女孩啊那女孩）
我的愛情死，在今夕

還有誰還等著，在雨季
還呼吸釀著雨水的空氣
還忍受時間悲哀的統治
只有音樂還下著

爲何音樂還下著啊，時而
淋漓，時而淒迷
淅瀝淅瀝屋簷啊屋簷
睫毛啊睫毛，淅瀝啊淅瀝
掌聲濺起，音符下降
翅膀，翅膀，花瓣啊花瓣
沉澱的沉澱，飛揚的飛揚
（我的愛情死
　　在今夕）

步出廳堂，涉深可沒踝的音符
涉不知傷不傷心的月光
如歌的慢板慢慢流著
（那女孩啊那女孩）

我該仰泳，還是俯泳著回去
該爵士些，還是該騎士些
為愛情流淚，是美麗還是愚蠢
（樹影啊樹影）
愛情該古典，還是該浪漫，愛情
握一張未撕角的音樂票
茫然，不知該撕成繽紛的往事
任月光漂去街的下游，或是
夾在海盜版的莎劇裏
（Love's Labour's Lost）

愛情該記憶，還是該遺忘，愛情
（月光樹影月光啊樹影）

一九六二年七月二十日

月光曲

——杜布西的鋼琴曲 Claire de Lune

廈門街的小巷纖細而長
用這樣乾淨的麥管吸月光
涼涼的月光，有點薄荷味的
月光。 在池底，湖底

水藻和萍錢絆不住你的
揮一揮手就拂掉了

走出樹影，走入太陰
走入一陣湍湍的琴音

誰的指隙瀉出的寒瀨？
誰用十根觸鬚在虐待
精緻而早熟的，鋼琴的靈魂？
弄琴人在想些什麼？

杜布西在想些什麼？　究竟
在想些什麼啊，那囁嚅的杜布西
當月光仰泳在塞納河上？
當指尖落在鍵齒上

她在想些什麼？——想這是

想這是最後的一個暑假
月光一生只浪漫一次
只陪你去赴一次情人的約會

然後便禁閉在古典詩裏
去裝飾維洛那的陽台，仲夏夜
之夢，張九齡的憂悒
她可是在想，在想這些？

攀蔦蘿的圍牆裏，那寒瀨
寒瀨的旋律可是在想這些？
我站在古代，還是現代？　究竟
我是誰，誰在想這些？

一九六二年七月二十六日晨

情人的血特別紅

情人的血特別紅，可以染冰島成玫瑰
情人的眼中倒映著情人，情人的眼
因過度仰望而變藍，因無盡止的流淚
而更鹹，而更鹹，比死海更鹹

盲目而且敏感，如蝙蝠，情人全是
無救的夢遊症患者，情人的世界

是狂人的世界，幽靈的世界
忙碌而且悠閒。　情人的時間
是永恆的碎片。　情人的思念
是紫外線，灼熱而看不見
情人的心驕傲而可憐，能舉起
教堂的塔尖，但不容一寸懷疑

情人把不朽戴在指上，把愛情的光圈
戴在髮上。　情人多疑，情人疑情人
疑太陽不是光，疑海不是鹽
疑燧石和舍利子，但絕對迷信愛情
比活火山更強烈，比墳墓更深

愛情的磁場推到末日的邊疆
情人的睫毛從不閉上，即使
在夢中，在死亡的齒縫，除了接吻——

靈魂與靈魂最短的距離
當唇與唇互烙發光的標記
除了那一瞬，小規模的永恆
情人的睫毛，你的睫毛不閉上

情人的血特別紅，特別紅，特別紅
當情人和情人（當你和我）氧化成風

一九六二年十月一日

單人牀

月是盲人的一隻眼睛
怒瞰著夜，透過蓬鬆的雲
狺狺的風追過去
這黑穹！比絕望更遠，比夢更高
要凍成愛斯基摩的冰屋
中國比太陽更陌生，更陌生，今夜
情人皆死，朋友皆絕交

沒有誰記得誰的地址
寂寞是一張單人牀
向夜的四垠無限地延伸
我睡在月之下，草之上，枕著空無，枕著
一種渺渺茫茫的悲辛，而風
依然在吹著，吹黑暗成冰
吹胃中的激昂成灰燼，於是
有畸形的鴉，一隻醜於一隻
自我的眼中，口中，幢幢然飛起

一九六六年三月三十一日於卡拉馬如

敲打樂

風信子和蒲公英
國殤日後仍然不快樂
不快樂，不快樂，不快樂
仍然向生存進行
　　　　　不公平的辯論
輸掉一個冬季
再輸一個春天

也沒有把握不把夏天也貼掉
蕁麻疹和花粉熱

　　　啊噫
噴噫打完後仍然不快樂
而且註定要不快樂下去
除非有一種奇蹟發生
中國啊中國
何時我們才停止爭吵？

奇颺醍，以及紅茶囊
燕麥粥，以及草莓醬
以及三色冰淇淋意大利烙餅
鋼鐵是城水泥是路
七十哩高速後仍然不快樂

食罷一客冰涼的西餐
你是一枚不消化的李子
中國中國你是條辮子
商標一樣你吊在背後

總是幻想遠處
有一座驕傲的塔
總是幻想
至少有一座未倒下
至少五嶽還頂住中國的天
夢魘因驚呼而驚醒
四周是一個更大的夢魘
總是幻想
第五街放風箏違不違警

立在帝國大廈頂層
該有一枝簫，一枝簫
諸如此類事情

總幻想春天來後可以卸掉雨衣
每死一次就蛻一層皮結果是更不快樂
理一次髮剃一次鬍子就照一次鏡子
看悲哀的副產品又有一次豐收
理髮店出來後仍然不快樂
中國中國你剪不斷也剃不掉
你永遠哽在這裏你是不治的胃病
——蘆溝橋那年曾幻想它已痊癒
中國中國你跟我開的玩笑不算小
你是一個問題，懸在中國通的雪茄煙霧裏

他們說你已經喪失貞操服過量的安眠藥說你不名譽
被人遺棄被人出賣侮辱被人強姦輪姦輪姦
中國啊中國你逼我發狂

華盛頓紀念碑，以及林肯紀念堂
以及美麗的女神立在波上在紐約港
三十六柱在仰望中昇起
拱舉一種泱泱的自尊
皆白皆純皆堅硬，每一方肅靜的科羅拉多
一吋也不屬於你，步下自由的臺階
白宮之後曼哈呑之後仍然不快樂
不是不肯快樂而是要快樂也快樂不起來
蒲公英和風信子
五月的風不爲你溫柔

大理石殿堂不爲你堅硬
步下自由的臺階
你是猶太你是吉普賽吉普賽啊吉普賽
沒有水晶球也不能自卜命運
沙漠之後紅海之後沒有主宰的神
四巷坦坦，超級國道把五十州攤開
這是一九六六，另一種大陸
三千哩高速的暈眩，從海岸到海岸
參加柏油路的集體屠殺，無辜或有辜
踹踏雪的禁令冰的陰謀
闖復活節闖國殤日佈下的羅網
方向盤是一種輪盤，旋轉清醒的夢幻，向芝加哥
看摩天樓叢拔起立體的現代壓迫天使
每一扇窗都開向神話或保險公司

乳白色的道奇
風的梳刷下柔馴如一匹雪豹
飛縱時餵他長長的風景
餵俄亥俄、印第安納餵他艾文斯敦

這是中西部的大草原，草香沒脛
南風漾起萋萋，波及好幾州的牧歌
麵包籃裏午睡成千的小鎮
尖著教堂，圓著水塔，紅著的農莊外白著柵欄
牛羊仍然在草葉集裏享受著草葉
嚼苜蓿花和蘋果落英和玉米倉後偶然的雲
打一回盹想一些和越南無關的瑣事
暗暗納悶，胡蜂們一下午在忙些什麼
花粉熱在空中飄盪，比反舌鳥還要流行

半個美國躲在藥瓶裏打噴嚏
在中國（你問我陰曆是幾號
我怎麼知道？）應該是清明過了在等端午
整肅了屈原，噫，三閭大夫，三閭大夫
我們有流放詩人的最早紀錄
（我們的歷史是世界最悠久的！）
早於雨果早於馬耶可夫斯基及其他
蕩蕩的麵包籃，餵飽大半個美國
這裏行吟過惠特曼，桑德堡，馬克吐溫
行吟過我，在不安的年代
在艾略特垂死的荒原，呼吸著旱災
　　　　　　　　　老鼰死後
草重新青著青年的青青，從此地青到落磯山下
於是年輕的耳朵酩酊的耳朵都側向西岸

敲打樂巴布·狄倫的旋律中側向金斯堡和費靈格蒂
　　從威奇塔到柏克麗
　降下艾略特
升起惠特曼，九繆思，嫁給舊金山！
這樣一種天氣
就是這樣的一種天氣
吹什麼風升什麼樣子的旗，氣象臺？
升自己的，還是眾人一樣的旗？
阿司匹靈之後
仍是咳嗽是咳嗽是解嘲的咳嗽
不討論天氣，背風坐著，各打各的噴嚏
用一條拉鍊把靈魂蓋起
在中國，該是呼吸沉重的清明或者不清明
蝸跡燐燐

菌子們圍著石碑要考證些什麼
　　考證些什麼
　　　考證些什麼
一些齊人在墓間乞食著剩肴
任雷殛任電鞭也鞭不出孤魂的一聲啼喊
在黃梅雨，在黃梅雨的月分
中國中國你令我傷心

在林肯解放了的雲下
惠特曼慶祝過的草上
坐下，面對鮮美的野餐
中國中國你哽在我喉間，難以下嚥
東方式的悲觀
懷疑自己是否年輕是否曾經年輕過

（從未年輕過便死去是可悲的）
國殤日後仍然不快樂
仍然不快樂啊頗不快樂極其不快樂不快樂
這樣鬱鬱地孵下去
大概什麼翅膀也孵不出來
中國中國你令我早衰

白晝之後仍然是黑夜
一種公式，一種猙獰的幽默
層層的憂愁壓積成黑礦，堅而多角
無光的開採中，沉重地睡下
我遂內燃成一條活火山帶
我是神經導電的大陸
飲盡黃河也不能解渴

捫著脈搏，證實有一顆心還沒有死去
還呼吸，還呼吸雷雨的空氣
我的血管是黃河的支流
中國是我我是中國
每一次國恥留一塊掌印我的顏面無完膚
中國中國你是一場慚愧的病，纏綿三十八年
該爲你羞恥？自豪？我不能決定
我知道你仍是處女雖然你已被強姦過千次
中國中國你令我昏迷
　　　何時
才停止無盡的爭吵，我們
關於我的怯懦，你的貞操？

一九六六年六月二日於卡拉馬如

雙人牀

讓戰爭在雙人牀外進行
躺在你長長的斜坡上
聽流彈，像一把呼嘯的螢火
在你的，我的頭頂竄過
竄過我的鬍鬚和你的頭髮
讓政變和革命在四周吶喊
至少愛情在我們的一邊
至少破曉前我們很安全

當一切都不再可靠
靠在你彈性的斜坡上
今夜，即使會山崩或地震
最多跌進你低低的盆地
讓旗和銅號在高原上舉起
至少有六尺的韻律是我們
至少日出前你完全是我的
仍滑膩，仍柔軟，仍可以燙熟
一種純粹而精細的瘋狂
讓夜和死亡在黑的邊境
發動永恆第一千次圍城
惟我們循螺紋急降，天國在下
捲入你四肢美麗的漩渦

一九六六年十二月三日

火浴

一種不滅的嚮往，向不同的元素
向不同的空間，至熱，或者至冷
不知該上昇，或是該下降
該上昇如鳳凰，在火難中上昇
或是浮於流動的透明，一氅天鵝
一片純白的形象，映著自我
長頸與豐軀，全由弧線構成

有一種嚮往，要水，也要火
一種慾望，要洗濯，也需要焚燒
淨化的過程，兩者，都需要
沉澱的需要沉澱，飄揚的，飄揚
赴水爲禽，撲火爲鳥，火鳥與水禽
則我應選擇，選擇哪一種過程？

西方有一隻天鵝，游泳在冰海
那是寒帶，一種超人的氣候
那裏冰結寂寞，寂寞結冰
寂寞是靜止的時間，倒影多完整
曾經，每一隻野雁都是天鵝
水波粼粼，似幻亦似眞。　在東方
在炎炎的東方，有一隻鳳凰

從火中來的仍回到火中
一步一個火種，蹈著烈焰
燒死鴉族，燒不死鳳雛
一羽太陽在顫動的永恆裏上昇
清者自清，火是勇士的行程
光榮的輪迴是靈魂，從元素到元素

白孔雀，天鵝，鶴，白衣白扇
時間靜止，中間棲著智士，隱士
永恆流動，永恆的烈焰
滌淨勇士的罪過，勇士的血
則靈魂，你應該如何選擇？
你選擇冷中之冷或熱中之熱？
選擇冰海或是選擇太陽？

有潔癖的靈魂啊恆是不潔
或浴於冰或浴於火都是完成
都是可羨的完成，而浴於火
火浴更可羨，火浴更難
火比水更透明，比水更深
火啊，永生之門，用死亡拱成

用死亡拱成，一座弧形的挑戰
說，未擁抱死的，不能誕生
是鴉族是鳳裔決定在一瞬
一瞬間，嚥火的那種意志
千杖交笞，接受那樣的極刑
向交詬的千舌坦然大呼
我無罪！我無罪！我無罪！　烙背

黥面，紋身，我仍是我，仍是
清醒的我，靈魂啊，醒者何辜
張揚燃燒的雙臂，似聞遠方
時間的颶風在嘯呼我的翅膀
毛髮悲泣，骨骸呻吟，用自己的血液
煎熬自己，飛，鳳雛，你的新生！

亂曰：

我的歌是一種不滅的嚮往
我的血沸騰，爲火浴靈魂
藍墨水中，聽，有火的歌聲
揚起，死後更清晰，也更高亢

一九六七年二月一日初稿
一九六七年九月九日改正

如果遠方有戰爭

如果遠方有戰爭，我應該掩耳
或是該坐起來，慚愧地傾聽？
應該掩鼻，或應該深呼吸
難聞的焦味？　我的耳朵應該
聽你喘息著愛情或是聽榴彈
宣揚眞理？　格言，勳章，補給
能不能餵飽無饜的死亡？

如果有戰爭煎一個民族，在遠方
有戰車狠狠地犂過春泥
有嬰孩在號啕，向母親的屍體
號啕一個盲啞的明天
如果有尼姑在火葬自己
寡慾的脂肪炙響絕望
燒曲的四肢抱住涅槃
爲了一種無效的手勢。　如果
我們在牀上，他們在戰場
在鐵絲網上播種著和平
我應該惶恐，或是該慶幸
慶幸是做愛，不是肉搏
是你的裸體在懷裏，不是敵人
如果遠方有戰爭，而我們在遠方

你是慈悲的天使，白羽無疵
你俯身在病牀，看我在牀上
缺手，缺腳，缺眼，缺乏性別
在一所血腥的戰地醫院
如果遠方有戰爭啊這樣的戰爭
情人，如果我們在遠方

一九六七年二月十一日

或者所謂春天

或者所謂春天也不過就在電話亭的那邊
廈門街的那邊有一些蠢蠢的記憶的那邊
航空信就從那裏開始
眼睛就從那裏忍受
郵戳郵戳郵戳
各種文字的打擊
或者那許多秘密郵筒已忘記

圍巾遮住大半個靈魂
流行了櫻花流行感冒
總是這樣子，四月來時先通知鼻子
回家，走同安街的巷子

或者在這座城裏一泡眞泡了十幾個春天
不算春天的春天，泡了又泡
這件事，一想起就覺得好冤
或者所謂春天
最後也不過就是這樣子：
一些受傷的記憶
一些慾望和灰塵
一股開胃的蔥味從那邊的廚房
然後是淡淡的油墨從一份晚報

報導郊區的花訊

或者所謂老教授不過是新來的講師變成
講師曾是新刮臉的學生
所謂一輩子也不過打那麼半打領帶
第一次，約會的那條
引她格格地發笑
或者畢業舞會的那條
換了婚禮的那條換了
或者淺緋的那條後來變成
變成深咖啡的這條，不放糖的咖啡
想起這也是一種分期的自縊，或者
不能算怎麼殘忍，除了有點窒息

或者所謂春天也只是一種輕脆的標本
一張書籤，曾是水仙或蝴蝶
書籤在韋氏大字典裏字典在圖書館的樓上
樓高四層高過所有的暮色
樓怕高書怕舊舊書最怕有書籤
好遙好遠的春天，青島
的春天，蓋提斯堡
的春天，布穀滿天
蘋菓花落得滿地，四月，比鞋底更低
比蜂更高鳥更高，比內戰內戰的公墓墓上的草
而回想起來時也不見得就不像一生

所謂童年
所謂抗戰

所謂高二
所謂大三
所謂蜜月，並非不月蝕
所謂貧窮，並非不美麗
所謂妻，曾是新娘
所謂新娘，曾是女友
所謂女友，曾非常害羞
所謂不成名以及成名
所謂朽以及不朽
或者所謂春天

一九六七年三月四日

在冷戰的年代

在冷戰的年代，走下新生南路
他想起那熱戰，那熱烘烘的抗戰
想起蘆溝橋，怒吼，橋上所有的獅子
向武士刀，對岸的櫻花武士
「萬里長城萬里長，長城外面——
是故鄉」，想起一個民族，怎樣
在同一個旋律裏咀嚼流亡

從山海關到韶關。　他的家
在長城，不，長江以南，但是那歌調
每一次，都令他心酸酸，鼻子酸酸
「萬里長城萬里長，長城外面是——」
歌，是平常的歌，不平常
是唱歌的年代，一起唱的人
一起流亡，在後方的一個小鎮
一千個叮嚀，一千次敲打
郵戳敲打誰人的叮嚀
兩種面貌是流亡的歲月
正面，是郵票，反面，是車票
一首舊歌，一枚照明彈
二十年前的記憶，忽然，被照明
在冷戰的年代，走下新生南路

他想起那音樂會上，剛才
最多是十七，十八，那女孩
還不曾誕生，在他唱歌的年代
今夜那些聽眾，一大半，還不曾誕生
不知道什麼是英租界，日本租界
滇緬路，青年軍，草鞋，平價米，草鞋
空空洞洞，防空洞中的歲月，「月光光
照他鄉」，月光下面，夷燒彈的火光
停電夜，大轟炸的前夜，也是那樣
那樣一個晚會，也是那樣
好乖好靈的一個女孩
唱同樣的那一隻歌，唱得
不好，但令他激動而流淚
「不要難過了」，笑笑，她說

「月亮眞好，我要你送我回去」
後來她就戴上了他的指環
將愛笑的眼睛，蓋印一樣
蓋在婷婷和么么的臉上
那竟是——念多年前的事了
天上的七七，地上的七七
她的墓在觀音山，淡水對岸
去年的清明節，前年的清明
走下新生南路，在冷戰的年代
他想起，清清冷冷的公寓
一張雙人舊牀在等他回去
「月亮眞好，我要你送我回去」
想起如何，先人的墓在大陸
妻的墓在島上，么么和婷婷

都走了，只剩下他一人
三代分三個，不，四個世界
長城萬里，孤蓬萬里，月亮眞好，他說
一面走下新生南路，在冷戰的年代

一九六八年五月七日

炊煙

——劉鳳學舞，張萬明箏

「想黃昏是倦了，」那古箏說
「黃昏在呵欠
黃昏在遠方伸淡漠的嬾腰
想此刻正歸來樵夫，歸自雲霧
也應有漁父歸來，歸自波濤
　人間飯香
天上仙饞

炊煙是一聲空渺的呼喊
炊煙是誰在向黃昏揮手
炊煙是煙囪吟一首小令
　土地公哼一哼
　灶神吟一吟
吟到滿地江湖，滿天是星斗
雲中君是雲中的仙人，說
時間不早了呢，該上來睡覺了呢
說著，就把所有的炊煙都召上樓
都召上樓，都召上樓去了」
十三根弦，一根也不曾飛去
箏留下，燭留下，白衣的少女

一九六八年五月九日

附錄：

本詩發表在《中國時報》的「人間」副刊時曾有左列一段附言：

右詩一章，余光中先生所寫。他把這首抄寄給我，並附短柬，文曰：

昨夕與內人同賞劉女士製舞發表會，歡喜讚歎，目為之明，神為之爽，附上小品一首，請轉呈劉張二女士，以表敬意。

光中對藝術製作向不作輕許，他的批評，可稱「月旦」。杜工部詠公孫大娘劍器舞，運用最精美的文字，傳達舞蹈的形式和內容，成爲千古絕唱。光中又一遭顯示文字功能，而且顯示了語體詩的傳達功能。

「黃昏在遠方伸淡漠的孏腰」，是劉鳳學的舞蹈語言，張萬明的指頭私語，余光中的生花妙筆，羽化了「曖曖遠行人，依依墟里煙」。

俞大綱附識　五月十一日

車過枋寮

雨落在屏東的甘蔗田裏
甜甜的甘蔗甜甜的雨
肥肥的甘蔗肥肥的田
雨落在屏東肥肥的田裏
從此地到山麓
一大幅平原舉起
多少甘蔗，多少甘美的希冀

長途車駛過青青的平原
檢閱牧神青青的儀隊
想牧神，多毛又多鬚
在哪一株甘蔗下午睡

雨落在屏東的西瓜田裏
甜甜的西瓜甜甜的雨
肥肥的西瓜肥肥的田
雨落在屏東肥肥的田裏
從此地到海岸
一大張河牀孵出
多少西瓜，多少圓渾的希望
長途車駛過纍纍的河牀
檢閱牧神纍纍的寶庫

想牧神，多血又多子
究竟坐在哪一隻瓜上

雨落在屏東的香蕉田裏
甜甜的香蕉甜甜的雨
肥肥的香蕉肥肥的田
雨落在屏東肥肥的田裏
雨是一首溼溼的牧歌
路是一把瘦瘦的牧笛
吹十里五里的阡阡陌陌
雨落在屏東的香蕉田裏
胖胖的香蕉肥肥的雨
長途車駛不出牧神的轄區
路是一把長長的牧笛

正說屏東是最甜的縣
屏東是方糖砌成的城
忽然一個右轉，最鹹最鹹
劈面撲過來
那海

一九七二年一月三日於墾丁

慈雲寺俯眺臺北

千門萬戶重疊成好一堆惘然
紅塵也無所謂
煙火也無所謂
老病生死也無所謂
一聲木魚
敲寂了下面那世界

千竅豁然貫通，即始即終
無所謂從前
無所謂以後
無所謂戶籍確鑿吧現在
日落時
風把一炷香靜靜接去

如果有一拂飄飄的僧袖
四海隨我去雲遊
如果袖中有一隻葫蘆
寧可打酒
也不願把下面纖纖那世界啊
裝在裏頭

一九七二年二月四日

戲為六絕句

水

水是一面害羞的鏡子
別逗她笑
一笑，不停止

海峽

早春的海峽
那麼大的一塊藍玻璃
風吹皺

楓葉

秋天，最容易受傷的記憶
霜齒一咬
噢，那樣輕輕
就咬出一掌血來

秋暮

黃昏黃昏你慢慢地燒
落日落日你慢慢地沉
天高高
地冷冷
雁在中間叫一聲

白楊

九月啊九月
是誰一張金黃的心
飄飄零零

在風裏燦燦地翻動黃金
翻過來，金黃
翻過去，黃金
誰掉了一顆金黃的心？

召鳥

樹說鳥屬於渾渾的大地
浪說鳥屬於汪汪的大海
天什麼也沒說
　除了雲
　除了風
和一些日起日落的旗語

一九七二年

樓頭

看一把晚霞燒豔了半壁天
黃昏是愈煨愈低
寒氣從江面削過來
所有的鬚眉憤怒都朝西
三杯紹興剛下肚
一股豪氣上衝
滿座相看，浪子盡成英雄

想這時該有一把劍
向殘霞膭靄的冷燼裏
旭日一輪挑出
不然也該有一管簫
把暮色想說
又說不分明的如此如此
惻惻說給誰聽

只是劍已鏽蝕，簫已瘖啞
而酒一驚醒
英雄都回到潼關以西
一架七四七的呼嘯遠後
落日淡下去，如一方古印

低低蓋在
一幅佚名氏的畫上

一九七三年二月十九日

白玉苦瓜

——故宮博物院所藏

似醒似睡，緩緩的柔光裏
似悠悠醒自千年的大寐
一隻瓜從從容容在成熟
一隻苦瓜，不再是澀苦
日磨月磋琢出深孕的清瑩
看莖鬚繚繞，葉掌撫抱
哪一年的豐收像一口要吸盡

古中國餵了又餵的乳漿
完美的圓膩啊酣然而飽
那觸覺，不斷向外膨脹
充滿每一粒酪白的葡萄
直到瓜尖，仍翹著當日的新鮮

茫茫九州只縮成一張輿圖
小時候不知道將它疊起
一任攤開那無窮無盡
碩大似記憶母親，她的胸脯
你便向那片肥沃匍匐
用蒂用根索她的恩液
苦心的悲慈苦苦哺出
不幸呢還是大幸這嬰孩

鍾整個大陸的愛在一隻苦瓜
皮靴踩過，馬蹄踩過
重噸戰車的履帶踩過
一絲傷痕也不曾留下

只留下隔玻璃這奇蹟難信
猶帶著后土依依的祝福
在時光以外奇異的光中
熟著，一個自足的宇宙
飽滿而不虞腐爛，一隻仙果
不產在仙山，產在人間
久朽了，你的前身，唉，久朽
爲你換胎的那手，那巧腕
千睥萬睞巧將你引渡

笑對靈魂在白玉裏流轉
一首歌，詠生命曾經是瓜而苦
被永恆引渡，成果而甘

一九七四年二月十一日

霧社

櫻花謝了，啊酋長，武士刀也鏽了
永不褪色是烈士的熱血
一聲怒叱便紅到如今
此外，更無仰攻的旌旗
唯鬱鬱的林莽，一綠無際
長夏用蒼蒼佑你安眠
不鏽是番刀不朽，啊酋長

大佐的脊背凜到東京
那鋒芒，悲憤的目光淬亮
銅鐲鏘鏘，泰耶魯的體魄六呎
仆下，爲拔起英挺的碑石
牌坊峨然，拱四壁的峰巒峻起
事件過後，蟬聲如忘
山徑九折旋來平地的班車
看番社的水果攤上
李猶酸齒，水蜜桃的記憶
茸茸澀口，不水也不蜜
天主堂的晚鐘動時，一丸頹日
駭然向來時的山口落下
猶似當年在升旗，不，降旗

一九七四年七七之夕於霧社復興文藝營

第二輯

香港時期

夜讀

只要桌燈不擰亮黃昏
暮色就依然是暮色
　　桌燈一亮
就默認夜到了烏溪沙
就默認夜，是一頭海獸
舔盡十二哩的晚霞

只要桌燈不擰熄今晚
今晚就依然是今晚
　桌燈一熄
就默認夢到了枕畔
就默認夢，是一條渡船
航向馬鞍山的曙色

落日已沉，曉日未升
在晝夜接縫處徘徊
　飄然一身
在大陸的鼾聲之外
在羈愁伶仃的邊境
燈是月光照夜讀的人

燈有古巫的召魂術
隱約向可疑的陰影
　一召老杜
再召髯蘇，三召楚大夫
一壺苦茶獨斟著三更
幢幢是觸肘的詩魂

是古人逡巡來相窺？
是我悠悠神遊於幽昧？
　一盞青燈
身前身後怎照得分明？
只樟樹灘伴我不寐
一山蟲吟，幾家犬吠

一九七八年八月七日

秋興

白露爲封面，清霜作扉頁
秋是一冊成熟的詩選
翻動時滿是瓜香和果香
又月滿中秋，菊滿重陽
炒栗子和螃蟹新肥的引誘
又飄滿這港口的街角和酒樓
野火燒豔對岸的遠山

吐露港是一灣湛湛的藍
仰對長空幻幻的青
每一個美得無憾的金日子
臨去都簽上晚霞的名字
而永垂不朽，吾友吾友
你航空信裏寄來的紅葉
滿是霜餘的齒印，血印
夾在詩選的〈秋興〉那幾面
便成爲今年最壯麗最動人聯想的
一張書籤

一九七八年十二月一日

天望

疊起，疊起天角那半幅錦霞
猶溫的，那絢縵那燦爛你疊起
讓黃昏黑下來吧黑成夜色
只爲了便於找一枚星
一小扇開啓神話的窗子
只爲有一截小紅蠟在窗裏
有一隻手在燭下，冷而纖細

有一箋信那手在書著，或是繡著
上左端該繡著誰的？我的？名字
只許她喚只許我遙應的小名
憐惜那一截短燭在顫動微微顫動
樓高如許天邈如彼的地方永遠有風
吹不皺藍透的永恆那樣子吹著
深更永夜，茉莉和薄荷淡淡地香起
三十三天窗扇有七千今晚齊閉起
只清光熒熒留下她一扇
信寫得該比銀河更長了吧脈脈的銀河？
第九頁上在低嗔或是在怨我？
在催我回去或不准我回去？
「貶你在下方，悠悠無極」
竟烏雲驟合幢幢的重幔

仰顧已失去那一燭星光
那已是，噢，從前的事了，竟忘了
我望得見的，高高，那上面
不見得也望見了我，在下邊
不見得，甚至，還記不記得
淒其的，一開始已經太淒其
依稀的未結束原就依稀

一九七五年七月十二日

貼耳書

萬無一失；密語要輕輕傳送
向穠邃的髮叢
向一只暖象牙的雕刻
左鬢精巧，右鬢更玲瓏
幽徑，有一曲暗通

不讓第三個人聽見

最快的限時專送
最快樂的投信人送信人
也無須貼美麗郵票的花紋
除了輕輕，用微啓的唇
向複瓣月季溫潤的耳輪
印上戳記的那一種
而髮絲撩人正細細
眸光一動，綻開一靨紅
信，已到你手中，啊不，心中

一九七五年八月一日

與永恆拔河

輸是最後總歸要輸的
連人帶繩都跌過界去
於是遊戲終止
——又一場不公平的競爭
但對岸的力量一分神
也會失手，會踏過界來
一只半只留下

腳印的奇蹟，愕然天機
唯暗裏，繩索的另一頭
緊而不斷，久而愈強
究竟，是怎樣一個對手
踉蹌過界之前
誰也未見過
只風吹星光顫
不休剩我
與永恆拔河

一九七八年二月二十六日

湘逝

——杜甫歿前舟中獨白

把漂泊的暮年託付給一櫂孤舟
把孤舟託給北征的湘水
把湘水付給濛濛的雨季
似海洞庭，日夜搖撼著乾坤
夔府東來是江陵是公安
岳陽南下更耒陽，深入癘瘴
傾洪濤不熄遍地的兵燹

溽鬱鬱乘暴漲的江水回棹
冒著豪雨，在病倒之前
向漢陽和襄陽，亂後回去北方
靜了胡塵，向再清的渭水
倒映回京的旌旗，赫赫衣冠
猶崢漢家的陵闕，鎮著長安

出峽兩載落魄的浪游
雲夢無路杯中亦無酒
西顧巴蜀怎麼都關進
巫山巫峽峭壁那千門
一層峻一層瞿塘的險灘？
草堂無主，苔蘚侵入了屐痕
那四樹小松，客中殷勤所手栽

該已高過人頂了？ 記得當年
蹇驢與駑馬悲嘶，劍閣一過
秦中的哭聲可憐便深鎖
在棧道的雲後，胡騎的塵裏
再回頭已是峽外望劍外
水國的遠客羨山國的近旅

十四年一覺惡夢，聽范陽的鼙鼓
遍地擂來，驚潰五陵的少年
李白去後，爐冷劍鏽
魚龍從上游寂寞到下游
辜負了匡山的雲霧空悠悠
飲者住杯，留下詩名和酒友
更偃了，嚴武和高適的麾旗

蜀中是傷心地，豈堪再回楫？
劫後這病骨，即使挺到了京兆
風裏的大雁塔與誰重登？
更無一字是舊遊的岑參
過盡多少雁陣，湘江上
盼不到一札南來的音訊

白帝城下擣衣杵擣打著鄉心
悲笳隱隱繞著多堞的山樓
窄峽深峭，鳥喧和猿嘯
激起的回音：這些已經夠消受
況又落花的季節，客在江南
乍一曲李龜年的舊歌
依稀戰前的管絃，誰能下嚥？

蠻荊重逢這一切，唉，都已近尾聲
亦似臨潁李娘健舞在邊城
弟子都老了，夭矯公孫的舞袖
更莫問，莫問成都的街頭
顧客無禮，白眼誰識得將軍
南薰殿上毫端出神駿？

澤國水鄉，眞個是滿地江湖
飄然一漁父，盟結沙鷗
船尾追隨，盡是白衣的寒友
連日陰霖裏長沙剛剛過了
總疑竹雨蘆風湘靈在鼓瑟
哭舳後的太傅？艫前的大夫？
禹墳恍惚在九疑，墳下仍是

這水啊水的世界，瀟湘浩蕩接汨羅
那水遁詩人淋漓的古魂
可猶在追逐迴流與盤渦？
或是蘭槳齊歇，滿船回眸的帝子
傘下簇擁著救起的屈子
正傍著楓崖要接我同去？

幻景逝了，衝起沙鷗四五
逝了，夢舟與仙侶，合上了楚辭
仍蕭條隱几，在漏雨的船上
看老妻用青楓生火燒飯
好嗆人，一片白煙在艙尾
何曾有西施弄槳和范蠡？
野猿啼晚了楓岸，看洪波淼漫

今夜又泊向那一渚荒洲？
這破船，我流放的水屋
空載著滿頭白髮，一身風癱和肺氣
漢水已無份，此生恐難見黃河
唯有詩句，縱經胡馬的亂蹄
乘風，乘浪，乘絡繹歸客的背囊

有一天，會抵達西北的那片雨雲下
夢裏少年的長安

一九七九年五月二十六日己未端午於沙田

附記：

杜甫之死，世多訛傳。《明皇雜錄》說：「杜甫客耒陽，頗爲令長所厭。甫投詩於宰，宰遂致牛炙白酒，甫飲過多，一夕而卒。」〈舊唐書文苑〉傳說：「甫嘗遊岳廟，爲暴水所阻，旬日不得食。耒陽令知之，自櫂舟迎甫而還。永泰二年，啗牛肉白酒，一夕而卒於耒陽。」新唐書亦然其說。寖至今日，坊間的文學史多以此爲本，不但失實，抑且有損詩聖形象。

杜甫死後四十年，元稹爲之作銘，時在《舊唐書》之前，只說「扁舟下荊楚間，竟以寓卒，旅殯岳陽」，根本不涉「飫卒」之事。其實牛肉白酒之說，只要稍稍留意杜甫晚作，其誣自辯。大曆五年，杜甫將往郴州，時値江漲，泊於耒陽附近之方田驛。聶令書致酒肉，杜甫寫了一首長達十三韻的五古答謝。果眞詩人一夕而卒，怎有時間吟詠一百三十字的長詩？而且詩中有句：「知我礙湍濤，半旬獲浩溔」，可見詩人斷炊不過五日，並非十日。其實一夕飫卒雖有可能，十日絕粒而不死卻違常理，世人奈何襲而不察。

答謝聶令的這首詩，題目很長，叫做「聶耒陽以僕阻水，書致酒肉，療飢荒江；詩得代懷，興盡本韻，至縣呈聶令；陸路去方田驛四十里，舟行一日；時屬江漲，泊於方田。」此詩寫成之後，杜甫還作了好幾首詩，在季節上或爲盛夏，或爲涼秋，在行程上則顯然有北歸之計。〈迴棹〉一詩說：「清思漢水上，涼憶峴山巔。順浪翻堪倚，迴帆又省牽。吾家碑不昧，王氏井依然……篙師煩爾送，朱夏及寒泉。」又說：「蒸池疫癘偏……火雲滋垢膩。」峴山在杜甫故鄉襄陽，足見此時正當溽暑，疾風又病肺的詩翁畏湖南溼熱，正要順湘江而下，再溯漢水北歸。〈登舟將適漢陽〉一首說：「春宅棄汝去，秋帆催客歸……鹿門自此往，永息漢陰機。」可見歸意已決，且已啓程。〈暮秋將歸秦留別湖南幕府親友〉一首又說：「北歸衝雨雪，誰憫弊貂裘？」則在季節上顯然更晚於前詩了。

也許有人會說，這只能顯示杜甫曾擬北歸，不能證明時序必在耒陽水困之後。但是仇兆鰲早已辯之甚詳，他說：「五年冬，有送李銜詩（按即〈長沙送李十一〉）云：『與子避地西康州，洞庭相逢十二秋。』西康州即同谷縣，公以乾元二年冬寓同谷，至大曆五年之秋，爲十二秋。又有風疾舟中詩（按即〈風疾舟中伏枕書懷三十六韻奉呈湖南親友〉）云：『十暑岷山葛，三霜楚戶砧。』公以大曆三年春適湖南，至大曆五年之秋，爲三霜。以二詩證之，安得云是年之夏卒於耒陽乎？」

前述〈風疾舟中〉一詩又云：「故國悲寒望，群雲慘歲陰。水陰霾白屋，楓岸疊青岑。鬱鬱冬炎瘴，濛濛雨滯淫……葛洪尸定解，許靖力難任。家事丹砂訣，無成涕作霖。」可見杜甫之死，應在大曆五年之冬，自潭北歸初發之時。

右〈湘逝〉一首，虛擬詩聖歿前在湘江舟中的所思所感，時序在那年秋天，地理則在潭（長沙）岳（岳陽）之間。正如杜甫歿前諸作所示，湖南地卑天溼，悶熱多雨，所以〈湘逝〉之中也不強調涼秋蕭瑟之氣。詩中述及故人與亡友，和晚年潦倒一如杜公而爲他所激賞的幾位藝術家。或許還應該一提他的諸弟和子女，只有將來加以擴大了。

烏絲愁

那年冬季，你耳畔的三千烏絲
像亞熱帶無助的柔蔓
飄溺於高緯無盡的冰風
最後落下了雪花，滿地的驚喜
那樣的處女白，你說
不忍就用腳印去觸犯
艾歐瓦的雪季天封地鎖

河堤的風景非白即黑
只能雕一幅木刻畫，刀意蕭瑟
起風的薄暮你最怕過橋
鄉愁偏向日落處升起
異國的雪城，哎，是望歸的邊堡
夢，是冷魘，醒也是冷魘
細小的一冊日記本
怎裝得下那樣曠闊的冰天？

柔弱的手掌心啊好冷
竟似還帶著當年
過橋的寒意，吹自波上
握別時惻惻地我想

此刻，卻已在北返的車上了
綠野饗目如油畫
日落處已不用鄉愁
而一種黃昏加回憶的溫柔
爲何一路追擊我
到新竹縣境？

一九八〇年十月十日

蛾眉戰爭

傳說你彎彎的蛾眉尖上曾挑起
一場，哎，淒麗的七年戰爭
——九曲荷廊的迴處，最初
無意間你怎麼轉眸一回顧
就把三位宮廷名畫師
捲入了丹青的論戰：第一位
說那是柳尾斜依著水湄

第二位說是雙橋淩波
而脾氣最剛烈的第三位卻說
當然是青山兩痕的隱隱
浮在江上，像漁歌的背景
最後是引來了滿朝的將軍
舌鋒挑起了劍鋒
美學演變成武學
辯論轉劇，聽三派的聲浪
聽沸騰的噪音，柳派，橋派，山派
繞畫棟的蟠龍飛旋而上升
驚動鄰院的鸚鵡和宮女
看畫師揮筆，將軍按劍
你躲在雕花屛風的後面微笑
孔雀扇半遮住惹禍的眉毛

豔翎眨著一百隻翠眼
看三個隱喻怎麼就釀成
有名的蛾眉戰爭

乘天下大亂，列國正交兵
在你致命的眉心偷得一吻
——好險哪！
幸而各路英雄都陷於苦戰
沙塵滾滾，誰也沒留意
連架上那鸚鵡也不曾留意
你手上的咖啡銀匙清鈴鈴一聲
落在那本
有插圖的古典小說上

一九八〇年十二月二日

木棉花

一場醒目的清明雨過後
滿街的木棉樹
約好了似的，一下子開齊了花
像太陽無意間說了個笑話
就笑開城南到城北
那一串接一串鑲黑的紅葩
看亮了行人道上的眼睛

烘熟黃昏的街景

雨水溫潤的木棉花季
聽咕咕又嘀嘀
鵓鴣鵓野地裏的腹語
日夜沿著高速公路
勃勃的早春乘興正北來
那揮霍顏彩的花童
就亮起臺北的千盞紅燈
也怎能擋他得住？

想這時，另一座城裏
橘紅紅暖烘烘的木棉花下
該有個行人走過

而如果正好有一朵
飄飄落在她新沐的髮上
也不要跟她講是誰所授意
木棉花啊暖紅紅
也不要跟她講

一九八一年清明節

寄給畫家

他們告訴我，今年夏天
你或有遠遊的計畫
去看梵谷或者徐悲鴻
帶著畫架和一頭灰髮
和豪笑的四川官話

你一走臺北就空了，吾友

長街短巷不見你回頭
又是行不得也的雨季
黑傘滿天，黃泥滿地
怎麼你不能等到中秋？

只有南部的水田你帶不走
那些土廟，那些水牛
而一到夏天的黃昏
總有一隻，兩隻白鷺
髣髴從你的水墨畫圖
記起了什麼似地，飛起

一九八一年五月二十八日夜於廈門街的雨巷

你仍在島上

——懷念德進

最後，你還是遠遊去了
當時洪流正捲過
三十年夢裏你的故鄉
你眼裏的回光
像一滴揚子江水

你是否眞的回歸

回到美髯居士
下筆煙雲的巴山蜀水？
海峽風高，三峽路遙
你走時又那樣憔悴

不是樂不思蜀的浪子
但你畫中的風景
不相信你已經不在島上
卻說不清你徘徊
在那一條田埂

只覺得暮色來時
每一片水田漠漠
都宛然有你的倒影

誰要喊你的名字
南部那一帶的青山隱隱
都會有回聲

一九八二年穀雨於沙田

後記：去年六月，有幸參加德進最後一次的生辰酒宴，和他互相擁抱，並承他簽贈畫冊。致祝詞的最後四句，我說：「席德進日，畫展三家，酒開七席，席捲天下。」他聽了很是高興。那時已經料到，這一握手，便成永訣。德進是四川人，但他的風景畫裏不是四川，是臺灣。他實在是一位臺灣畫家，精神長在島上的青山。他臨終時，長江正氾洪水，洪峰掃四川而出湖北，他眼中的那滴淚水，是故國洪水所溢嗎？

橄欖核舟
——故宮博物院所見

不相信一寸半長的橄欖細核
誰的妙手神雕又鬼刻
無中生有能把你挖空
剔成如此精緻的小船
輕脆，易碎，像半透明的蟬蛻
北宋的江山魔指只一點
怎麼就縮小了，縮小了，縮成

水晶櫃裏，不可思議的比例
在誇張的放大鏡下，即使
也小得好詭異，令人目迷
艙裏的主客或坐，或臥
恍惚的側影誰是東坡
一捋長髯在千古的崩濤聲裏
飄然迎風？　就算我敢
在世間的岸上隔水呼喊
（驚動廳上所有的觀眾）
舷邊那鬚翁眞的會回頭？
一柄桂槳要追上三國的舳艫
擊空明，泝流光，無論怎樣
那夜的月色是永不褪色的了
——前身是橄欖有幸留仁

九百年後回味猶清甘
看時光如水盪著這仙船
在浪淘不盡的赤壁賦裏
隨大江東去又東去，而並未逝去
多少的豪傑如沙，都淘盡了
只剩下鏡底這一撮小舟
船頭對著夏口，船尾隱約
（只要你凝神靜聽）
還嫋嫋不絕地曳著當晚
那一縷簫聲

一九八二年七月十二日於廈門街

後記：蘇軾赤壁之遊，流傳千古，時在北宋元豐五年，合公元一〇八二年，距今正爲九個世紀，值得追念。橄欖核舟爲清人陳祖章所鐫，舟長不及二寸，有篷有窗，中有八人，情態各異，在放大鏡下亦光影迷離，難以細辨。舟底並刻〈赤壁賦〉全文，鬼技神工，令人驚詫難信。七月初回臺，在故宮博物院俯玩此物，已作是篇，暫不發表，留待今日（九月三日合陰曆恰爲「壬戌之秋，七月既望」），只爲對九百年前那一個詩情哲理的水月之夜，表示無限的神往。東坡愛石成癖，〈雪浪石〉等作詠案頭山水，皆有奇想，蓋亦有柳子厚玩造化於衽席之意。以小喻大，將假作眞，本東坡赤子之心，今以核舟戲之，料髯公不嗔也。

山中暑意七品

空山松子

一粒松子落下來
沒一點預告
該派誰去接它呢？
滿地的松針或松根？
滿坡的亂石或月色？

或是過路的風聲？
　說時遲
　那時快
一粒松子落下來
被整座空山接住

黃昏越境

究竟，黃昏那偷渡客
是怎麼越境的呢？
而黑衣幫的夜色
又怎麼接應的呢？
怎麼一個分神
滿天的紫水晶，赤瑪瑙，黃玉

就統統走了私呢？
最可疑的是朝西
那一排翳子松的背影
和起起伏伏不定
再也數不清的山脊
我守著晚霞的逃逸
幾乎沒移過眼睛
銳利像緝私的邊警
卻怎麼也找不到一點破綻

一燈就位

夜色密密麻麻圍住的
不過是一層層的山影

山影深深邃邃圍住的
不過是這麼一盞燈
不過是一盞燈罷了
又不見星光來接應
這重圍怎能就突破
至少，今夜還不行
　就這樣吧
讓夜之巨靈去佔領
黑暗的每一個角落
只留下這一盞孤燈
把夜的心臟佔領

深山聽夜

山深夜永

萬籟都渾然一夢
有什麼比澈底的靜
更加耐聽的呢？
再長，再忙的歷史
也總有這麼一刻
是無須爭辯的吧？
可是那風呢，你說
風嗎？那是時間在過境
引起的一點點，偶爾
一點點迴音

夜深似井

夜深似井
盡我的繩長探下去

怎麼還不到水聲？
蠢蠢的星子群
沿著苔壁爬上來
好慢啊
只怕還不到半路
井口就一聲叫
天亮了

夜開北門

所謂夜，不過是邊陲的城堡
夜讀人是孤戍的堡主
一灣燈光流過來
便成美麗的護城河了

倚著雉堞的花邊
堡主是寂寞而多思的
孤高的堡門有兩扇
閉著的南門向現代
敞著的北門向古遠
一過對岸
驛道就蜿入了荒煙

不寐之犬

往往，末班車過後
天地之大也不過剩下
一里半里路外
遠屋的犬吠，三聲兩聲

只有燈能體會
這時辰，燈下的白頭人
也是一頭無寐之犬
但守的是另一種夜
吠的，是另一種黑影
只要遠一點聽
——譬如在一百年外
就聽得清清楚楚

一九八二年八月三十一日

甘地紡紗

季候風過後的下午
在深不可及的內陸
一架古老的紡紗機
咿呀咿呀地唱著
一首單調的童謠
在鐵軌不到的內陸
在一條土路的盡頭

在泥敷的竹屋子裏
咿呀咿呀地搖著
一種溫柔的節奏
那推動機柄的瘦手
一圈又一圈不罷休
一綹又一綹的輕絮
像倦了的孩子，紛紛
偎滿在他的懷裏
在炎熱無風的傍晚
那咿呀咿呀的調子
用催眠一樣的拍子
在搖著一支戰歌
盤腿而坐的那老頭
瘦而有力的那隻手

正搖動他的笨武器
去抵抗曼徹斯特
所有的馬達和汽笛
而這最天眞的戰歌
手肘和紡車的私語
近處的蚊子和壁虎
遠處的蠍子和響尾蛇
幾乎是整個內陸
都出神地靜聽

一九八三年五月二十六日於沙田

後記：看電影《甘地》，深受感動，又去翻閱了幾種甘地的傳記。（已經出版的甘地傳，在四百種以上。）印度學者梅達所著《甘地與使徒》（*Mahatma Gandhi and His Apostles*）第一章敘述聖雄晚年，在印度內陸的塞瓦格蘭修隱所

（Sevagram Ashram），每次紡紗，可得四百二十碼。該地悶熱，高達華氏一百二十度，但季候風一來，便成澤國。因爲甘地嚴禁殺生，所以一任蟲蛇自由來去，村民不敢加害。

心血來潮

心血來潮，搖撼著遠方的島嗎？
島上的岩岸眞會覺得
今晚的潮水特別的高嗎？
一排又一排，濺著白沫
浪頭昂得馬頭般高
是爲了此刻我心血來潮嗎？
潮水呼嘯著，搗打著兩岸

一道海峽，打南岸和北岸
正如此刻我心血來潮
奔向母愛的大陸和童貞的島
這渺渺的心情，鼓浪又翻濤
至少有一隻海鷗該知道
這一生，就被美麗的海峽
這無情的一把水藍刀
永遠切成兩半了嗎？
前一半在北滸，後一半在南岸？
千古的海水啊拍不醒的頑石
要拍到幾時才肯點頭呢？
看海鷗迴翔的姿態
是誰，不肯放棄的靈魂？
我死後，那一隻又是我

是我辛苦的靈魂所依附？
徘徊在潮去潮來的海峽
追不盡生生死死的浪花
開開落落在頑石的絕壁
那樣的無情，唉，又壯麗
就像此刻我心血來潮

一九八四年四月二日

紫荊賦

甜沁沁的清明雨裏
把春天一路接上山來的
是這段斜斜的坡徑
左面的碧煙是相思樹成林
葉細如針，織一張惘然之網
要網住水灰色的天涯嗎？
右面是紫荊霎霎的紅霧

似乎是還沒有燃旺的春天
要轟轟烈烈還等木棉

多事的港城把相思樹
無端端叫做了臺灣相思
那樣撩人的名字，撩起
那島上牽藤糾葛的心事
而同樣撩人的紫荊啊
卻被我冷落了，這港城之花
遠看似桃樹，近看似蘭葩
流霞滿樹害行人看得迷路
更加是隔雨的楚楚

一彈就破一吹就散的紅霧

十三年的風雨經得住嗎？
看路邊婷婷的多姿
嫵媚著已經有限的
這港城無限好的日子
而在未來的訣別
在隔海回望的島上，那時
紫荊花啊紫荊花
你霧裏的紅顏就成了我的

——香港相思

一九八四年四月十六日於沙田

附註：紫荊是香港的市花，十三年的風雨，指現在到一九九七的所謂過渡時期。相思樹，在香港叫做臺灣相思。

第三輯

高雄時期

夢與地理

輪廓像一匹側踞的海獸
岬頭那座怪岩的背後
如果我一直向前走
就是錯落的澎湖了嗎？
再過來，擋在那塊小石磯後
該是廈門呢，還是汕頭？
——都不過是到臺北的距離
如果，這四方紅樓的文學院

面海的排窗是西南偏西
那一艘舷影迷幻的貨船
是正對著呢，還是斜對著香港？
而那麼壯烈的霞光啊
早已成灰的越南，再燒一次嗎？
疑惑的望遠鏡來回逡巡
——雙筒的圓鏡，七點五倍
那是向一位同事借來
準備今晚尋哈雷彗星
大地多礙而太空無阻
對這些夢與地理之間的問題
鏡中千疊的遠浪盡處
一根水平線若有若無
是海全部的答覆

一九八五年十二月二十一日

讓春天從高雄出發

讓春天從高雄登陸
讓海峽用每一陣潮水
讓潮水用每一陣浪花
向長長的堤岸呼喊
太陽回來了，從南回歸線
春天回來了，從南中國海
讓春天從高雄登陸

這轟動南部的消息
讓木棉花的火把
用越野賽跑的速度
一路向北方傳達
讓春天從高雄出發

一九八六年一月七日

後記：高雄市政府、國立中山大學、《臺灣新聞報》合辦的「木棉花文藝季」在四月間熱烈地展開。我爲文藝季寫了這首主題歌。

珍珠項鍊

滾散在回憶的每一個角落
半輩子多珍貴的日子
以爲再也拾不攏來的了
卻被那珠寶店的女孩子
用一只藍磁的盤子
帶笑地托來我面前，問道
十八寸的這一條，合不合意？

就這麼，三十年的歲月成串了
一年還不到一寸，好貴的時光啊
每一粒都含著銀灰的晶瑩
溫潤而圓滿，就像有幸
跟你同享的每一個日子
每一粒，晴天的露珠
每一粒，陰天的雨珠
分手的日子，每一粒
牽掛在心頭的念珠
串成有始有終的這一條項鍊
依依地靠在你心口
全憑這貫穿日月
十八寸長的一線因緣

一九八六年九月二日結婚三十週年紀念

雨聲說些什麼

一夜的雨聲說些什麼呢？
樓上的燈問窗外的樹
窗外的樹問巷口的車
一夜的雨聲說些什麼呢？
巷口的車問遠方的路
遠方的路問上游的橋
一夜的雨聲說些什麼呢？
上游的橋問小時的傘

小時的傘問溼了的鞋
一夜的雨聲說些什麼呢？
溼了的鞋問亂叫的蛙
亂叫的蛙問四周的霧
說些什麼呢，一夜的雨聲？
四周的霧問樓上的燈
樓上的燈問燈下的人
燈下的人擡起頭來說
　怎麼還沒有停啊：
從傳說落到了現在
從霏霏落到了湃湃
從簷漏落到了江海
問你啊，蠢蠢的青苔
一夜的雨聲說些什麼呢？

一九八六年九月九日

夢與膀胱

無論是綺夢而迷
或者是惡夢而囈
無論是夢見了熊
或是夢變了甲蟲
或者是夢蝶而栩栩
當靈魂升向星際
或是在月光裏仰泳

只要有四百西西
向膨脹的膀胱
施這麼一點壓力
就把你遠召了回來
無論是天國之行
或者是地獄之旅
都在破曉前的惺忪裏
隨著水聲淙淙
一瀉而去

一九八七年九月六日

蜀人贈扇記

——問我樂不思蜀嗎？
不，我思蜀而不樂

十八根竹骨旋開成一把素扇
那清瘦的蜀人用渾圓的字體
爲我錄一闋〈臨江仙〉，金人所塡
輾轉託海外的朋友代贈
說供我「聊拂殘暑」，看落款
日期是寅年的立秋，而今
曆書說，白露都開始降了
揮著扇子，問風，從何處吹來？

從西子灣頭嗎？還是東坡的故鄉？
眺望海峽，中原何嘗有一髮？
當眞，露，從今夜白起的嗎？
而月，當眞來處更分明？
原非蜀人，在抗戰的年代
當太陽旗遮暗了中原的太陽
夷燒彈閃閃炸亮了重慶
川娃兒我卻做過八年
挖過地瓜，捉過青蛙和螢火
一場驟雨過後，揀不完滿地
銀杏的白果，向溫柔的桐油燈光
烤出香熟的嗶嗶剝剝
夏夜的黃葛樹下，一把小蒲扇
輕輕搖撼滿天的星斗
在我少年的盆地嘉陵江依舊

日夜在奔流，回聲隱隱
猶如四聲沉穩的川話
四十年後仍流在我齒唇
四十年後每一次聽雨
滂沱落在屋後的壽山
那一片聲浪仍像在巴山
君問歸期，布穀都催過多少遍了
海峽寂寞仍未有歸期，恰似
九百年前，隔著另一道海峽
另一位詩人望白了鬢髮
想當日，蘇家的遊子出川
乘著混茫的大江東去
滾滾的浪頭永遠不回頭
而我入川才十歲，出川已十八

同樣的滔滔送我，穿過巴峽和巫峽
同樣是再也回不了頭，再回頭
還有岸嗎，是怎樣的對岸？
揮著你手題的細竹素扇
在北回歸線更向南，夏炎未殘
說什麼冰肌玉骨，自清涼無汗
對著貨櫃船遠去的臺海
深深念一個山國，沒有海岸
　敵機炸後的重慶
　文革劫罷的成都
　少年時我的天府
　劍閣和巫峯鎮住
問今日的蜀道啊行路有多難？

一九八七年九月六日

附錄

讀〈蜀人贈扇記〉

流沙河

余光中這一首〈蜀人贈扇記〉深深感動我。吟讀此稿，聽見自己嗓聲顫抖，遂有一個異想跳出來問：「可以在海峽的這一邊發表嗎？」我說的是發表，不是轉載。互相轉載詩作，海峽兩邊的報刊早就在這樣做了。互相發表詩作，這邊的寄過去發表，那邊的寄過來發表，願以此詩開頭，開個好頭。

此詩的抄搞共四頁，白底無格，繁體楷書橫寫，是經香港友人黃君維樑轉寄來的，前天收到。附信一紙，文曰：「河兄：蒙贈摺扇，揮搖之際，感慨不能自已。奉上這首〈蜀人贈扇記〉，不足言謝，聊表故國之思，舊遊之情云耳。匆此即祝吟安。弟光中拜上。一九八七·九·十二」信文繁體楷書，卻是直寫，遒勁端肅，精神迸射，堪稱鋼筆書法佳品。

此詩背景，請說一二，湊湊趣吧。那把安徽涇縣製的素紙摺扇，去年初秋託人送往香港，交黃維樑（他是海外「余學」專家），請他俟機代我轉呈給余光中。余光中在臺灣高雄市任職中山大學文學院長，今年五月赴歐出席在瑞士召開的國際筆會，途徑香港，終於收到此扇。扇面有我去年立秋日恭書的金人元好問的詞〈臨江仙·自洛陽往孟津道中作〉。詞云：「今古北邙山下路，黃塵老盡英雄。人生長恨水長東，幽懷誰共語，遠目送歸鴻。蓋世功名將底用？生前錯怨天公。浩歌一曲酒千鍾，男兒行處是，未要論窮通。」此詞我心愛，常掛在口邊。自家心愛的，樂與朋友共，謹遵傳統，別無意思。不過塗鴉成癖，殃及白生生的紙扇，終究也是書生一累。想是同氣相求，余光中不嫌棄，今年八月有信來說：「扇面書法飽滿渾厚，嚴整之中有變化。時值溽暑，而清風在握，見者索閱，莫不稱羨。」我眞高興，從側門混進了書法界，撈到「海外知名」。更高興的是，一個星期後，又收到這首〈蜀人贈扇記〉，多好的詩啊，拋磚引玉，非常「效益」。

就其主脈，一般而言，余光中的詩作，納古典入現代，藏炫智入抒情，儒雅風流，有我中華文化獨特的芬芳，深受鄙人偏愛。迄今研讀七年，芹嗜仍然不改，新潮我肯定是跟不上了。拙編著《臺灣詩人十二家》一書，附詩一百，二十首是余光中的。拙著《隔海說詩》一書篇幅之半都在說他。去年又有拙編《余光中一百首》在安徽《詩歌報》連載。時興講學，登台濫竽，我講的也總是余光中詩。隔海成了余迷，有啥辦法。說「詩不能使任何事情發生」嗎？我不相信。

台島眾多詩人，二十年來鄉愁主題寫得最多又最好的，非余光中莫屬。「海峽寂寞仍未有歸期」的狀況不是正在發生變化嗎？爲促成此一變化之發生，島上的鄉愁詩，報章雜誌觸目可見，多得很呢，難道沒有起作用嗎？詩是文火，能燉爛死硬的老牛筋，當然，得慢慢來。

詩中提到的西子灣與壽山都在海峽那邊的港城高雄，可見此詩是在高雄中山大學校園寫的。高雄地理位置「在北回歸線更向南」，已入亞熱帶氣候圈。夏天賴著不走，所以，海峽這邊孟昶蜀宮，宮女「冰肌玉骨，自清涼無汗」了，海峽那邊高雄校園，詩人還在揮扇，嘆「夏炎未殘」呢。手指屈痛了啊，秋風早點來吧。

余光中，南京人，少年時期流寓四川重慶，五十年代之初去台，有詩集十五種，一直任教大學。此詩落款特誌今年九月九日。這天該是他的生日，滿五十九。生日動鄉愁，哪能快樂呢。我且隔海拋去一個遲到的祝福吧，光中兄。

向日葵

木槌在克莉絲蒂的大廳上
going
going
gone
砰然的一響，敲下去
三千九百萬元的高價
買斷了，全場緊張的呼吸

買斷了，全世界驚羨的眼睛
買不回，斷了，一隻耳朵
買不回，焦了，一頭赤髮
買不回，鬆了，一嘴壞牙
買不回匆匆的三十七歲
木槌舉起，對著熱烈的會場
手槍舉起，對著寂寞的心臟

斷耳，going
赤髮，going
壞牙，going
惡夢，going
羊癲瘋，going
日記和信，going
醫師和病牀，going

親愛的弟弟啊，going
砰然的一響，gone
一顆慷慨的心臟
迸成滿地的向日葵滿天的太陽

一九八八年四月九日

後記：一九八七年三月三十日，梵谷誕辰九十七週年，他的一幅《向日葵》在倫敦克莉絲蒂拍賣公司賣出，破紀錄的高價是美金三千九百八十五萬元。Going, going, gone是拍賣成交時的吆喝，語終而木槌敲下。

聽容天圻彈古琴

七弦泠泠，十指輕輕
才起更落，拂罷還攏
向龍眼樹下的午夢
召來一片古穆的琴音
有的，滑下了青苔
有的，飄落在石階
有的，被山風帶走

有的，隨澗水流去
還有一些更加悠揚的
就伴著宛轉的爐煙
　上升而迴旋
穿過滿樹初結的龍眼
越飄越淡，越飛越遠
化作六龜一帶的晚涼

一九八八年五月十六日寫於六龜蘭園之臨流臺，
主人爲林琴亮先生。

安石榴

滿滿一袋透明的紅寶石
波斯的彎刀一揮
那樣珍藏的秘密，一粒粒
頓然，就裸露無遺了
驚喜若豐收的礦工
讓我向劈開的深洞
一顆顆，將你們採出來吧

白淨的小瓷盤盛著
像一餐仙人的野宴
那津津的滋味，甜裏帶酸
仍然嚼得出晚唐之戀嗎？
仍然是斷無消息嗎？
讓初夏被暖紅燒艷

安石榴，令人綺想的名字
那異國的誘惑，據說
是古代的安息遠路傳來
卻教人心動，不得安息
想同樣的殷紅該染過
面紗底下的淺笑和皓齒
你遞來一張紙巾，嗔說

「別亂想了，當心你袖子
好鮮艷的漿汁啊一上身
怕再也洗不掉了」
我卻擔心會染紅你裙子
爲了它古來便有
一個令人拜倒的名字

一九八七年十一月十二日

附註：石榴原名安石榴，因爲它來自古國安息，即今之伊朗。此樹初夏開紅花，李商隱詩云：「曾是寂寥金燼暗，斷無消息石榴紅。」石榴裙，即紅裙。

雨，落在高雄的港上

雨落在高雄的港上
溼了滿港的燈光
有的浮金，有的流銀
有的空對著水鏡
牽著恍惚的倒影
雨落在高雄的港上
早就該來的冷雨

帶來了一點點秋意
帶來安慰的催眠曲
把幾乎中暑的高雄
　輕輕地拍打
　　慢慢地搖撼
哄入了清涼的夢鄉
睡吧，所有的波浪
睡吧，所有的堤防
睡吧，所有的貨櫃船
睡吧，所有的起重機
所有的錨鍊和桅杆
睡吧，所有的街巷
睡吧，壽山和柴山
睡吧，旗津和小港

睡吧，疲勞的世界
只剩下半港的燈光
有的，密擁著近岸
有的，疎點著遠船
有的流銀，有的浮金
都靜靜地映在水面
一池燦燦的睡蓮
深夜開在我牀邊

一九八八年秋分前夕

宜興茶壺

——謝柯靈先生

客從漢城歸，帶回了你的禮物
——橢圓的釉木盒子裏
翻開一層層墊紙，我取出
這麼精巧的一把紫砂壺
掀開壺蓋，其內空空
俯聽壺口，其聲甕甕
把弄壺身，其外融融

圓滿的輪廓從任何角度
都用流暢的線條勾成
溫暖的赭土裏外一色
不愧江南的沃土，我的后土
經歷多少的燒煉才完成
上面隱約有名家的刀痕
一面是篆刻，一面是童子拈花
壺身在掌中來回地轉動
我的指紋疊上陶匠的指紋
疊上雕者的手印，贈者的掌溫
像伸過手去跟后土的上面
她所有的孩子一起握手
漢城之會雖誤了，但一壺在握
恍惚隔海和故人相對

又何必拘泥怎樣的泉水
用怎樣的烹法烹怎樣的好茶
——最清的泉水是君子之交
　最香的茶葉是舊土之情
就這麼舉起空空的小壺
隔一道海峽猶如隔几
讓我們斟酌兩岸，品味今古

一九八八年十二月十一日

後記：去年八月在漢城召開的國際筆會，因故未去。柯靈先生卻從上海帶去了一把宜興茶壺，準備相贈，上面還請徐孝穆雕刻題識。結果是由王藍先生帶了回來。

冬至

想了很久都不能決定
最別致的一張聖誕卡
該怎樣來爲你剪裁
直到冬至那一天，我說
對了，便沿著浪花的花邊
剪下西子灣空曠的海景
正面，是今年最短的一日

——在壯麗的下端
紅艷艷印著一枚夕陽
反面，是今年最長的一夜
——在寂寞的上端
銀晃晃貼著一鐮冷月
而橫在壯麗和寂寞的中間
我的思念是燒煉的晚霞
這一切，幾何學最妙的設計
天文學最精確的安排
直到平安夜的前四天
頓然才發現，卻已經
唉，來不及郵寄給你了

一九八八年十二月二十五日

後半夜

四十歲時他還不斷地仰問
問森羅的星空，自己是誰
爲何還在這下面受罪
難道高高在上的神明
眞的有一尊，跟他作對？
而今六十都過了，他不再
爲憂懼而煩惱，他的額頭

和星宿早已停止了爭吵
夜晚變得安靜而溫柔
如一座邊城在休戰之後
當少年的同伴都吹散在天涯
有誰呢，除了桌燈，還照顧著他
像一切故事說到了盡頭
總有隻老犬眷眷地守候
一位英雄獨坐的晚年
有燈的地方就有側影
他的側影就投在窗前
後半夜獨醒著對著後半生
聽山下，潮去潮來的海峽
一樣的水打兩樣的岸
回頭的岸是來時的岸嗎？

水光茫茫正如時光茫茫
有什麼岸呢是可以回頭的嗎？
問港上熱鬧的燈火，那一盞
能給他回答，只有對峙的燈塔，
在長堤的盡頭交換著眼色
而堤外，半泊在海峽
半浮在天上，那一艘接一艘
貨櫃舢艫排列的陣勢
輝煌的蜃樓終夜不熄
水上的燈陣應著天上的星圖
有意無意地通著旗語
光與光一夜問答的水域
安靜而溫柔如永生，他不再
仰面求答了，一切的答案

星隕成石都焚落他掌心
天上和掌上又何足計較
此岸和彼岸是一樣的浪潮
前半生無非水上的倒影
無風的後半夜格外地分明
他知道自己是誰了，對著
滿穹的星宿，以淡淡的苦笑
終於原諒了躲在那上面的
無論是那一尊神

一九八九年四月七日

星光夜

——梵谷百年祭之一

當所有的眼睛，在天上，都張開
而所有的眼睛，在地上，都閉起
只剩下一雙，你的，在守夜
守著地上的夢，天上的光
見證滿天燦亮的奇蹟
　一盤盤，一圈圈
都轉成熱烈的漩渦，被天河

滾滾的迴波吐出又吞進
肅靜的神諭終夜不停
邃藍的高穹下一頂草帽
白燭插在帽沿的四周
一座崇拜的小祭壇，舉向
赫赫當頭的全部天啓
百年前的今晚，你的目光
曾經升入這一片星光
永不熄滅的煌煌天市
一場永不落幕的盛典
敝向台下一代又一代
來去太匆匆的觀眾
不，那夜只有你一人
山底的小鎮在星光下

全睡著了，只有教堂舉起了塔尖
坡上的柏樹揮舞著綠焰
陪你的燭光一同祈禱
正如百年後我們的目光
也升入這一簇星光，文生
跟隨你一同默禱

一九九〇年四月五日

荷蘭吊橋

——梵谷百年祭之二

一座鏗鏗的吊橋，纜索轆轆
連接小運河的兩岸，當初
你就是從此地過河
走向一盞昏黃的油燈
去找圍坐著一張小桌子
吃馬鈴薯的那一家農人嗎？
你眞的這麼走過橋去

走向不能愛你的女人
走向深於地獄的礦坑
走向娜莎的驚呼，高敢的冷笑
手裏亮著帶血的剃刀
走向瘋人院深邃的長廊
向回不了頭的另一世界
走向悶熱的拉馬丁廣場
走向寂寞的露天酒座
和更加寂寞的星光，月光
七月來時，走向田野的金黃
向騷動的鴉群，洶湧的麥浪
爲何你舉起的一把
不是畫筆，是手槍？

那一響並沒有驚醒世界
要等一百年才傳來回聲
於是五百萬人都擠過橋去
去擠滿旅館，餐館，美術館
去蠕蠕的隊伍裏探頭爭看
看當初除了你弟弟
沒有人肯跟你
過橋去看一眼的
向日葵
鳶尾花
星光夜
那整個耀眼的新世界

一九九〇年四月六日

向日葵

——梵谷百年祭之三

金髮橘面，仰向七月硫黃的天空
菊花族的家譜裏，唯你
酷似你陽剛的父親
大氣炎炎下有誰竟敢
正面逼視赤露的太陽？
那赫赫的光采令人盲目
從一團大火球轟頂射來

　　愈轉愈快
你奮張獅鬣的姿態
儼然烙自日輪的母胎

出自泥土，卻嚮往著天空
只因那是輝煌的所在
光，就從那上面瀉來，爲你
爲世界帶來滿光譜的亮色
你是再掙也不脫的夸父
欲飛而不起的伊卡瑞斯
每天一次的輪迴
　　從曙到暮
扭不屈之頸，昂不垂之頭
去追一個高懸的號召

烈士的旗號，殉道者的徽章
從晨曦金黃到晚霞橙赤
那人在他的調色板上
調出了你的面容，也是
他自己的畫像，只因他
從北國之陰到南方之晴
爲了追光，光，壯麗的光
　轉面，扭頭
一頭赤髮的悲哀與懊惱
被同樣的烈焰燒焦

一九九〇年四月七日

在漸暗的窗口

在漸暗的窗口趕寫一首詩
天黑以前必須要完成
否則入睡的時候不放心
只因暮色潛伏在四野
越集越密，吞併了晚霞
暖昧的窗口已受到威脅
雪淨的稿紙恐將不守

像謠傳即將放棄的孤城
桌燈在一旁幾度示意
只等我招手，願來救急
卻被我拒絕了，說，這場對決
是我跟夜晚之間的競賽
不容第三者來攪亂規則
正如白晝被黑暗否定
黑暗也被否定於繁星
不過那將是高處的判決
入睡以後或者會夢見
說著，灰靄已逼到紙角
陰影正伸向標題，副標題
只剩下筆尖還不肯放棄
還在重圍的深處奔突

相信最後會破陣而出
只爲了入睡前能夠安枕
要乘天未黑透就完成
在快暗的窗口搶救的詩

一九九〇年八月二十日

三生石

當渡船解纜

當渡船解纜
風笛催客
只等你前來相送
在茫茫的渡頭
看我漸漸地離岸

水闊，天長
對我揮手

我會在對岸
苦苦守候
接你的下一班船
在荒荒的渡頭
看你漸漸地靠岸
水盡，天迴
對你招手

就像仲夏的夜裏

就像仲夏的夜裏

並排在枕上，語音轉低
喚你不應，已經睡著
我也睏了，一個翻身
便跟入了夢境
而留在夢外的這世界
　分分，秒秒
　答答，滴滴
都交給牀頭的小鬧鐘

一生也好比一夜
並排在枕上，語音轉低
喚我不應，已經睡著
你也睏了，一個翻身
便跟入了夢境

而留在夢外的這世界
　春分，夏至
　穀雨，清明
都交給墳頭的大鬧鐘

找到那棵樹

蘇家的子瞻和子由，你說
來世仍然想結成兄弟
讓我們來世仍舊做夫妻
那是有一天凌晨你醒來
惺忪之際喃喃的癡語
說你在昨晚恍惚的夢裏
和我同靠在一棵樹下

前後的事，一翻身都忘了
只記得樹陰密得好深
而我對你說過一句話
「我會等你，」在樹陰下

樹影在窗，鳥聲未起
半昧不明的曙色裏，我說
或許那就是我們的前世了
一過奈何橋就已忘記
至於細節，早就該依稀
此刻的我們，或許正是
那時癡妄相許的來生
你歎了一口氣說
要找到那棵樹就好了

或許當時
遺落了什麼在樹根

紅燭

三十五年前有一對紅燭
曾經照耀年輕的洞房
——且用這麼古典的名字
追念廈門街那間斗室
迄今仍然並排地燒著
仍然相互眷顧地照著
照著我們的來路，去路
燭啊愈燒愈短
夜啊愈熬愈長

最後的一陣黑風吹過
那一根會先熄呢，曳著白煙？
剩下另一根流著熱淚
獨自去抵抗四周的夜寒
最好是一口氣同時吹熄
讓兩股輕煙綢繆成一股
同時化入夜色的空無
那自然是求之不得，我說
但誰啊又能夠隨心支配
無端的風勢該如何吹？

一九九一年九月二十二日

附錄：本詩在聯合副刊發表後四日，作家高陽亦在該刊賦詩以和，詩前並有小引，全文如下：「讀（八十年）十二月十日聯副光中兄〈三生石〉新詩四章，伉儷情深，一至於此，令人歡喜讚嘆。憶昔曼殊上人曾以中土詩體譯作拜倫情詩，因師其意作七絕四首，愧未能如原作之幽窅深遠也。」

水闊天長揮手時，待君相送竟遲遲，
一朝緣征三生石，如影隨形總不離。

夜深語倦同尋夢，夢外光陰任去留；
同穴雙雙天共老，墳頭大樹閱春秋。

依稀夢影事難明，獨記君言「我待卿」，
此即同心前世約，須知眼下是來生。

紅燭同燒卅五年，夜長燭短更纏綿，
可能風急雙雙熄，同化輕煙入九天。

五行無阻

任你，死亡啊，謫我到至荒至遠
到海豹的島上或企鵝的岸邊
到麥田或蔗田或純粹的黑田
到夢與回憶的盡頭，時間以外
當分針的劍影都放棄了追蹤
任你，死亡啊，貶我到極暗極空
到樹根的隱私蟲蟻的倉庫

也不能阻攔我
回到正午，回到太陽的光中
或者我竟然就土遁回來
當春耕翻破第一塊凍土
你不能阻攔我
從犁尖和大地的親吻中躍出
或者我竟然就金遁回來
當鶴嘴啄開第一塊礦石
你不能阻攔我
從剛毅對頑強的火花中降世
或者我竟然就木遁回來
當鋸齒咬出第一口樹漿
你不能阻攔我
從齒縫和枝柯的激辯中迸長

或者我竟然就火遁回來
當霹靂擲下第一閃金叉
　你不能阻攔我
從驚雷和迅電的宣誓中胎化
或者我竟然就水遁回來
當高潮激起第一叢碎浪
　你不能阻攔我
從海嘯和石壁的對決中破羊
即使你五路都設下了寨
金木水火土都閉上了關
城上插滿你黑色的戰旗
也阻攔不了我突破旗陣
那便是我披髮飛行的風遁
風裏有一首歌頌我的新生

頌金德之堅貞
頌木德之紛繁
頌水德之溫婉
頌火德之剛烈
頌土德之渾然

唱新生的頌歌，風聲正洪
你不能阻我，死亡啊，你豈能阻我
回到光中，回到壯麗的光中

一九九一年九月二十五日

抱孫

十磅之輕，仰枕在我的臂彎
兩尺之短，蜷靠在我的胸膛
不待輪迴，已恍然隔世
三十五年前，在那島上
也曾經如此抱著，搖著
另一個孩子，你的母親
只換了，窗外，是紐約的雪景

卻幻覺，懷裏，是從前的稚嬰
同樣是乳臭咻咻，乳齒未萌
渾然的天眞尚未揭曉
專注的眼神不眨也不移
這麼出神地將我打量
清澈澈一雙黑水晶體
純粹的稚氣一時還不懂
用笑容來回應我的笑容
就這麼驚異地隔代相望
你仰望著歷史，看滄桑
已接近封底，掀到了六十五頁
幾時，你才會從頭讀起呢？
當你長大，從母親的口裏
會聽到其中的幾章，幾節？

我俯窺著未來，看謎面
天機未動，故事正等待破題
一對小巧的瞳人，滴溜圓滾
幻象和倒影所由孿生
要轉向怎樣的廿一世紀？
你太小了，還不算是預言
我太老了，快變成了典故
世故的盡頭如何接通
天眞的起點呢，剛剛滿月
除非是貼身將你抱住
最最原始，用體溫，用觸覺
用上游的血喊下游的血
宛如從前，在島城的古屋
一巷蟬聲，半窗樹影

就這麼抱著，搖著
搖著，抱著
另一個初胎的嬰孩，你母親

一九九三年四月十八日

私語

靜寂的後半夜，忽然我醒來
發現另一邊的枕上
她的鼾息並不很勻稱
頭頂卻傳來私語竊竊
很輕，很近，有兩個人

「奇怪，是誰呢，這一對夫妻

睡在好像是我們的牀上
他的頭上已蓋了雪
她的髮際正落著霜
似乎睡得很熟呢，還打著鼾
爲什麼看來都有點面善？
皺紋已經阡陌著滄桑
一位蝦蜷，一位蛙匍
怎麼睡姿跟我們也相像？
總不會，是預言的幻景
一瞥四十年後的我們吧？
爲何不搖醒睡者來一問
問四十年間有什麼發生？
這世界，可曾變好了一點？
可曾登上了月球，可曾
避免了第三次世界戰爭？

還要逃亡嗎，為了天災或革命？
島嶼跟大地的爭吵是誰贏？
你別亂來了，瞧他們已夠累
九十年代顯然不輕鬆
是什麼危機感啊在壓著薄夢
不安的記憶下枕著隱憂
讓他們多睡一會吧，不要
冒冒失失把未來驚醒
今晚至少還不用擔心
可是他們的，不，我們的孩子呢
有幾個了，該不小了吧
你問得太多了，瞧你，還沒有懷孕
我敢說那邊的相框子裏
就是他們的，噢，我們的女兒
眉目真的有我們的神情

——噓，別把孩子們也吵醒
還不曾向你的深處投胎呢
一個個尚未取名的嬰孩
要是我老了，像她那樣
眼角攡著魚尾，髮上帶著風霜
你還會抱我嗎？像新婚的今晚？
——噓，他們在翻身了
天快亮，夢也快做完」

侵牀的曙色裏，我起身小便
一抬頭就跟
牆頭那張結婚照
猝然打一個照面

一九九三年七月二十二日

裁夢刀

爲什麼只消嫺嫺一揮手
　無中生有
便召來無止無盡的長飆？
一側身你就從風口切入
沿著歐幾里德
也追蹤不上的快弧
幾度扭腰與迴臉

探入這大迷鏡的深處
——多麼遼闊的冰原啊
在你的面前愈退愈遠
而除了飄髮的長風
吹自一個透明的空洞
就單憑這一片裁夢刀
這八寸耕冰的脆薄
向永犁不開的凍土，究竟
要收割幾遍乍發的掌聲？
堅冰清野展在你腳下
是流暢的坦途也是陷阱
能將你抬舉也能推翻
在勝利的頂端隨你旋轉
你旋幾旋挪威就轉幾轉
極圈繞腰繞成你短裙

但不能保證，當你再降落
茫茫的冰鄉那一寸是安全
北極之空也不願收容
孤注一踏失足的腳尖
飛，是飛不出去的了
於是你尋路回頭，沿著
平面幾何婉轉的曲線，順著
奧芬巴哈旋律的牽引，推開
魔困的空門，一層更一層
及時回到了人間，看你
驚喘未定的掌爆聲中
從收翼成夢的臂彎內
舉頭甦醒

一九九四年二月二十一日

抱孫女

降世才七天，七磅的小生命
兩手握拳，彎彎的細腳
從襁褓裏斜伸了出來
一排豆大的腳趾，整齊而細緻
更細緻的趾甲看得我眼花
只好把眼鏡脫下，湊近去端詳
這無辜又無助的睡態

是胎裏的蜷伏所帶來
烏亮的溼髮枕在我臂彎
奶瓶剛剛吮過，正怡然，恬然
偎在我懷裏睡去，稚嫩的眼瞼
合成安詳的一線，無夢之眠
該無焦慮的壓力吧，更無記憶
只偶然半睜開惺忪，黑白分明
瞥我一眼，立刻又闔上
更偶然，會綻開滿臉笑容
全無意識，卻也會牽動
恁小的一個酒窩。儘管如此
從雛幼的臉上已可窺識
她母親小時的秀氣，膚上
胎紅漸褪了，露出白皙

但我早非當年，那少壯的父親
這世紀，也已非當年的光采
倒數聲中，二十一世紀
正橐橐向我們邁來，迎接的
不是抱她的祖父，是這嬰孩
而憑我，一頭風霜的見證
這消逝的世紀並不快樂
風災與地震，惡疾與戰爭
神話要領走美麗的禽獸
傳說要收回清澈的江海
紫外線和酸雨當頭襲來
這世紀，不比上一個世紀快樂
也不敢妄想，下一個會更可愛
這世界，還是不來的爲妙

你會有許多玩具，豪貴而精巧
但人類已經太早熟，並不好玩
童年是愈來愈短，愈不像童年
更不能奢望會像童話
世故催天眞趕緊長大
一切已太遲，無論我怎麼勸阻
都擋不住你了，幾星期前
你已經學會了翻筋斗
在幽昧的羊水裏，你早就
像馬戲的藝人，拳打腳踢
要掙脫臍帶，告別母胎
出來看你嶄新的世界，世紀
卻看見了我，視而未睹
也不會記得，就在第七天

你曾經單獨地陪著祖父
還沒有滿月呢，當窗外
紐約的盛暑正曳著蟬聲
隔著楓樹猶翠的風涼
臂上托著你天眞的七磅
心頭卻壓著更沉的重量，爲了
海峽的驚濤搗打著兩岸
飛彈正嘯著不安的風聲
俯望這新生命在我的老懷
正甜甜地入睡，把一切
都那樣放心地交託了給我
奶香與溺臭，體溫與脈搏
勻稱的呼吸隱隱起落
你那樣相信我，而我

卻這樣不相信你，不信你
會逢凶化吉，自有福分
原諒祖父吧，這憂患的老人
而且用你坦然的臥姿
和滿有把握的小小拳頭
說服我，說，這世界雖有千般的不是
卻把你啊小乖乖，帶給了我
一個奇蹟，一個恩寵
一則神話，證明有神明
一個無憂無慮的女嬰
無畏一切地降臨這亂世
且睡得如此安靜而深沉
成人的噩夢無法驚擾
那睡姿，如此原始又如此童稚

千災百害都近不了身，似乎在說
「未來是我的，你不用擔心」
——於是我手中抱的
不再是猜疑，是希望
滿滿的一懷呢，整整七磅

一九九五年九月三日

隔一座中央山脈

——空投陳黎

就像發球一樣
隔了一整座中央山脈
你從早餐桌上
發過來一枚朝暾
等我接到時
已變成海峽的落日
灼灼，仍感到餘溫

到夏天你也會
從東岸的前衛
發過來一陣颱風
太平洋怪胎的撒潑
等我接到時
風頭已變成風尾
呼呼，仍感到餘威

有時你會即興
從邃秘的海底
發過來一排地震
菲律賓板塊的推擠
等我接到時

六級已變成二級
轟轟，仍感到餘勢

現在該我發球
隔了一整座中央山脈
看我把餘溫，餘威，餘勢
收攏在如來的掌心
只吹一口氣
就變成一隻回力球
霍霍，彈回花蓮去
東岸的詩人
且
看

你
如
何
接
我
這
一
球

一九九六年二月二日

高雄港上

向那片蠱藍巫藍又酷藍，無極無終
伸出你長堤的雙臂
一手舉一座燈塔
向不安的外海接來
各色旗號各式名目的遠船
吞吐累累貨櫃的肚量
吃水邃深，若不勝長程的重載

遠洋的倦客踏波而來
俯仰更顛簸，歷盡了七海
進港的姿態卻如此穩重
船首孤高，傲翹著懸崖
後面矗一排起重機架
樓艙白晃的城堡，戴著煙突
駛過堤口時反襯得燈塔
纖秀而小，像一對燭台
一艘警艇偎在她舷下
若雞雛依依跟隨著母雞
就這麼儼然，岸然，她駛進了港來
修碩的舷影峨峨嵯嵯
像整排街屋在水面滑過
而如果有霧，或漁船擋路

一聲氣笛，你聽，她肺腑的音量
便撼動滿埠滿塢的耳鼓
一路掠水而來，直到我陽台
那一列以海景爲背景的盆景
都爲之共震，可以窺見
從海棠的綠深紅淺之間
銀灰色一艘巡洋艦，船首
白漆的三位數番號，炮影森嚴
與進港的貨櫃輪交錯而過
正驅向堤外的浪高風險
更外面，海峽的浩蕩與天相磨
水世界的體魄微微隆起
更遠的舷影，幻白貼著濛濛青
已經看不出任何細節了

隱隱是艨艟的巨舶兩三
正以渺小的噸位投入
衛星雲圖的天氣，眾神的脾氣

一九九六年二月二十九日

別金銓

滿廳黃菊
一排黑衣
俠女全到齊了
陣容悲肅錚錚有劍氣
能嚇退東廠的鷹犬
卻難擋師父啊
這要命的陰曹

歇下吧
六十六歲的筋骨
莫要再抵抗金屬疲勞
該怎樣把你接去呢
除了用一場烈火
一場眞金的火鍊
熊熊，將你焚燒

只剩下一輪古月
像龍門客棧的燈籠
高掛在明代的風裏
朗朗照著眾俠客
爲救護忠良的遺孤

一夜辛苦
奔走在江湖

一九九七年二月二日

水鄉宛然

——觀吳冠中畫展

曾經，有一條小運河名叫清暢
船去船來，流過後院的粉牆
把木門咿呀推出去
便是江南粼粼的水鄉
一疊石階斜落到水面
把我的赤腳引進波光
那驚喜的沁涼，青苔聽說

從上游到下游，所有的槳
所有的橋，所有的魚蝦都共享
後來它就沒入了記憶
被戰爭擄走，不再回頭
等到臨老再回到蘇州
問所有的新橋，都說沒見過
所有的孩子，都說不知道
低頭問水，那遲滯的腥濁
怎麼也照不出我的面目
我轉身踏上歸途或是不歸途
幾乎要放棄了，卻被吳翁
在背後一拍肩把我叫住
「且跟我來，」他神秘地笑說
便帶頭領我，一路順著

他妙手佈下的線索和墨痕
回到後院那小運河堤邊
順著青苔石板，一級級
就這麼恍然步下河去
　直到水涼觸肌
一條魚認出了我，潑刺跳起

一九九七年七月二十五日

水仙

半缽清淺就可託潔癖
滿室幽香已暗傳風神
從石蒜肥碩的胎裏
拔起亭亭的青翠，撐起
如傘的花序，如雪的
純白，也是六瓣，戴起
金色的副冠多帥氣

甘冒嚴寒，忍受刻骨的剮刑
趕在元宵，所有情人的前面
踏波而來，來赴我燈下
今年的約會，疑幻疑眞
水仙的節慶，美的凱旋
不須燃亮世俗的燭光
你高擎的那一簇燦爛
　正是愛神
自驚豔中，誕生

一九九八年一月三十一日

高樓對海

高樓對海，長窗向西
黃昏之來多彩而神秘
落日去時，把海峽交給晚霞
晚霞去時，把海峽交給燈塔
我的桌燈也同時亮起
於是禮成，夜，便算開始了
燈塔是海上的一盞桌燈

桌燈，是桌上的一座燈塔
照著白髮的心事在燈下
起伏如滿滿一海峽風浪
一波接一波來撼晚年
一生蒼茫還留下什麼呢？
除了窗口這一盞孤燈
與我共守這一截長夜
寫詩，寫信，無論做什麼
都與他，最親的夥伴
第一位讀者，就近斟酌
遲寐的心情，紛亂的世變
比一切知己，甚至家人
更能默默地爲我分憂
有一天，白髮也不在燈下

一生蒼茫還留下什麼呢？
除了把落日留給海峽
除了把燈塔留給風浪
除了把回不了頭的世紀
留給下不了筆的歷史
還留下什麼呢，一生蒼茫？
至於這一盞孤燈，寂寞的見證
親愛的讀者啊，就留給你們

一九九八年二月二日

粥頌

記得稚歲你往往
安慰渴口與飢腸
病了，就更加苦盼
你來輕輕地按摩
舌焦，唇燥，喉乾
與分外嬌懦的枯腸
若是母親所煮

更端來病榻旁邊
一面吹涼，一面
用調羹慢慢地勸餵
世界上有什麼美味
——別提可口可樂了
能比你更加落胃？

現在輪到了愛妻
用慢火熬了又熬
驚喜晚餐桌上
端來這一碗香軟
配上豆腐乳，蘿蔔乾
肉鬆，薑絲，或皮蛋
來寵我疲勞的胃腸

而如果，無意，從碗底
撈出熟透的地瓜
古老的記憶便帶我
燈下又回到兒時
分不清對我笑的
是母親呢，還是妻子

二○○三年八月三日

翠玉白菜

前身是緬甸或雲南的頑石
被怎樣敏感的巧腕
用怎樣深刻的雕刀
一刀刀，挑筋剔骨
從輝石玉礦的牢裏
解救了出來，被瑾妃的纖指
愛撫得更加細膩，被觀眾

豔羨的眼神，燈下聚焦
一代又一代，愈寵愈亮
通體流暢，含蓄著內斂的光
亦翠亦白，你已不再
僅僅是一塊玉，一棵菜
只因當日，那巧匠接你出來
卻自己將精魂耿耿
投生在玉胚的深處
不讓時光緊迫地追捕
凡藝術莫非是弄假成眞
否則那栩栩的螽斯，爲何
弄假成眞，比眞的更眞
至今還執迷不醒，還抱著
猶翠的新鮮，不肯下來
或許，他就是玉匠轉胎

二〇〇四年一月三十一日

Arco Iris

虹是雨阿姨帶淚的笑聲
使風景驚愕，一綻天啓
一扇門，是爲誰開關
一道梯，是等誰下來
一座橋，是接誰上去

雨姨說，虹是她的孩子

嗜光，嗜水，爲日神而生
光入水而成孕
睽睽七色的眼神
一回頭，美，已誕生

出沒無常，明滅任性
虹孩的身世成謎
雨說，她藏在我的鏡內
日說，她睡在我的光中
霓說，她偎在我的懷裏

二〇〇四年七月三十一日

平沙落雁

——觀傅抱石畫展

在大河起源的高原
一老者趺坐於沙丘
初融的雪水清淺
在他的腳底路過
向下面那世界奔流
膝頭的古琴只等
修長的指尖一落

神經質的弦上
就鬆開敏感的筋絡
放出一隻、兩隻、三隻
接翅而起的寒禽
沖破高原的肅靜
直到空中的翼影
翩翩排成了雁陣
是河在流著呢還是
時間在下面流過？
是沙在靜靜地聽著
是整片高原在應著
天蓋地載的寂寞？
沙，也有耳朵麼
一千里之內，除了

老者與煮茶的小廝
下風可還有一隻
耳朵豎起來聽麼？
琴聲悠悠能傳到
昭君或李廣耳旁麼？
昭君有哭泣，李廣
有停下馬來聽麼？
絲路的駝商絡繹
有回過頭來找麼？
面向無邊的空曠
背著入神的現場
老者無言，琴聲裊裊
在他的指間起落
尾聲轉緩更依依

呼應著雁陣的迴旋
愈迴愈低愈低迴
飛回老者的懷抱
曲終了麼，沙漠問道
是雁陣收回了琴匣
　究竟，還是
琴聲散落在天涯？

二〇〇五年三月十六日

台東

城比台北是矮一點
天比台北卻高得多

燈比台北是淡一點
星比台北卻亮得多

街比台北是短一點
風比台北卻長得多

飛機過境是少一點
老鷹盤空卻多得多

人比西岸是稀一點
山比西岸卻密得多

港比西岸是小一點
海比西岸卻大得多

報紙送到是晚一點
太陽起來卻早得多

無論地球怎麼轉
台東永遠在前面

二〇〇七年三月三日

余光中創作年表

劉思坊 整理

一九二八年 出生於南京，祖籍福建永春，父余超英、母孫秀君。小時隨父母經常來往於常州。

一九三七～一九四五年 對日抗戰時期，隨母四處流亡，一九四五年隨父母由四川回南京。

一九四七年 南京青年會中學畢業，分別考取北京大學與金陵大學，因北方局勢動盪不安，故就讀金陵大學外文系。

一九四九年 內戰局勢漸危急，隨父母自南京逃往上海，後轉至廈門，入廈門大學外文系二年級就讀。在廈門的《星光》、《江聲》二報發表新詩及短評十餘篇。七月，隨父母遷往香港。

一九五〇年 於五月底遷至臺灣。在《新生報》副刊、《中央日報》副刊、

《野風》等報刊發表新詩。九月，考入台大外文系三年級。

一九五二年 臺灣大學畢業。處女作《舟子的悲歌》詩集出版。

一九五三年 入國防部總聯絡官室服役，任少尉編譯官。

一九五四年 詩集《藍色的羽毛》出版，與覃子豪、鍾鼎文、夏菁、鄧禹平共同創立「藍星詩社」。

一九五六年 退役。在東吳大學兼課。九月，與夫人范我存結爲連理。

一九五七年 在臺灣師大授課。主編《藍星》週刊及《文學雜誌》詩類。譯作《梵谷傳》與《老人和大海》問世，由當時陳紀瀅所主持的重光文藝出版社出版。

一九五八年 六月，長女珊珊生。七月，喪母。十月，獲亞洲協會獎金赴美進修，在愛荷華大學修習文學創作、美國文學及現代藝術。

一九五九年 獲愛荷華大學藝術碩士學位。回台後任師大英語系講師。六月，次女幼珊生。主編《現代文學》及《文星》之詩作部分，並參與了現代詩論戰。

一九六〇年 詩集《萬聖節》及譯作《英詩譯註》出版。詩集《鐘乳石》在香港出版。主編《中外》畫刊之文藝版。

一九六一年 英譯《*New Chinese Poetry*》在香港出版。長詩〈天狼星〉刊於

《現代文學》引發與洛夫的論戰，余光中發表〈再見，虛無！〉作爲宣言，作品風格漸漸回歸中國古典之傳統。與林以亮、梁實秋、夏菁、張愛玲等人合譯《美國詩選》在香港出版。與國語派作家在《文星》展開文白（文言文、白話文）之爭。赴菲律賓講學，並在東海大學、東吳大學、淡江大學三處兼課。五月，三女佩珊出生。

一九六二年 參加菲律賓亞洲作家會議。翻譯毛姆小說作品〈書袋〉並連載於《聯合報》副刊。獲中國文藝協會新詩獎。

一九六三年 散文集《左手的繆思》、評論集《掌上雨》出版，譯作〈繆思在地中海〉連載於《聯合報》副刊。

一九六四年 詩集《蓮的聯想》出版，於耕莘文教院舉辦「紀念莎士比亞誕生四百週年現代詩朗誦會」。應美國國務院邀請，至美國講學一年，先後授課於伊利諾、密西根、賓夕法尼亞、紐約四州。

一九六五年 散文集《逍遙遊》出版，任西密西根州立大學英文系副教授，四女季珊出生。

一九六六年 返台，並任師大副教授。於臺灣大學、政治大學、淡江大學三校兼課，當選當年十大傑出青年。

一九六七年　詩集《五陵少年》出版。

一九六八年　散文集《望鄉的牧神》先後在台港出版。譯作《英美現代詩選》二冊出版。主編【藍星叢書】五種及【近代文學譯叢】十種。

一九六九年　詩集《敲打樂》、《在冷戰的年代》、《天國的夜市》出版。主編《現代文學》雙月刊。應美國教育部之聘，赴科羅拉多州任教育廳外國課程顧問及寺鐘學院客座教授二年。

一九七〇年　著手翻譯《錄事巴托比》以及英譯《*Acres of Barbed Wire*》（滿田的鐵絲網）。

一九七一年　英譯作品《*Acres of Barbed Wire*》（滿田的鐵絲網）在臺灣出版。德國翻譯余光中詩集《蓮的聯想》並於西德出版。回國主持寺鐘學院留華中心以及臺灣的中國電視公司「世界之窗」，於節目中介紹搖滾樂。並於師範大學、臺灣大學、政治大學兼課。

一九七二年　散文集《焚鶴人》和譯作《錄事巴托比》出版，並獲得澳洲政府文化獎金。夏天訪問澳洲兩個月。十一月應世界中文報業協會邀請，至香港演說。轉任政治大學西語系系主任。

一九七三年　主編政大《大學英文讀本》。應香港詩風社之邀赴港演說。赴

一九七四年 首爾出席第二屆亞洲文藝研討會，並宣讀論文。詩集《白玉苦瓜》及散文集《聽聽那冷雨》出版。主編《中外文學》詩專號。主持霧社復興文藝營。應聘轉任香港中文大學中文系教授。

一九七五年 《余光中散文選》在香港出版。與他人合著《名作家談編寫譯》在香港出版。開始在《今日世界》寫每月專欄。與唐文標等合著《現代詩的建樹與檢討》出版。與楊弦合作的《中國現代民歌集》唱片出版。

一九七六年 出席倫敦國際筆會第四十一屆大會並宣讀論文〈想像之眞〉。出版詩集《天狼星》。

一九七七年 散文集《青青邊愁》出版。於《聯合報》副刊發表〈狼來了〉一文，是年鄉土文學論戰激烈展開。

一九七八年 譯作《梵谷傳》新譯本出版。

一九七九年 詩集《與永恆拔河》出版。黃維樑編著《火浴的鳳凰—余光中作品評論集》在台出版。

一九八〇年 香港教職休假一年，回國擔任師大英語系主任，兼英語研究所所長。

一九八一年 《余光中詩選一九四九～一九八一》、評論集《分水嶺上》、詩集《花的聯想》及主編《文學的沙田》出版。十二月，出席中文大學「四十年代文學研討會」，初晤柯靈與辛笛，並宣讀論文〈試爲辛笛看手相〉。

一九八二年 發表長文〈巴黎看畫記〉及一組評析遊記之論文：〈山水遊記的藝術〉、〈中國山水遊記的感性〉、〈中國山水遊記的知性〉、〈論民初的遊記〉。〈傳說〉獲金鼎獎歌詞獎。

一九八三年 詩集《隔水觀音》出版。王爾德喜劇中譯《不可兒戲》在台出版。

一九八四年 翻譯《土耳其現代詩選》在台北出版。《不可兒戲》由香港話劇團演出，楊世彭導演，連滿十三場。獲第七屆吳三連文學散文獎，並以〈小木屐〉再獲金鼎獎歌詞獎。

一九八五年 移居臺灣高雄西子灣，任中山大學文學院院長。發表五萬字論文《龔自珍與雪萊》。爲聯副寫專欄「隔海書」。獲《中國時報》新詩推薦獎。《香港文藝》季刊推出〈余光中專輯〉。《春來半島——余光中香港十年詩文選》在港出版。

一九八六年 出版詩集《紫荊賦》。發表新詩〈控訴一支煙囪〉並且爲高雄市木棉花文藝季寫詩〈讓春天從高雄出發〉。

一九八七年 散文集《記憶像鐵軌一樣長》出版。

一九八八年 主編《秋之頌》（梁實秋先生紀念文集）出版。自此年起始擔任梁實秋文學獎翻譯評審一職。

一九八九年 主編《中華現代文學大系，臺灣：一九七〇～一九八九》十五卷出版，並獲本年金鼎獎圖書類主編獎。主編《我的心在天安門——六四事件悼念詩選》出版。

一九九〇年 一月《梵谷傳》重排出版。出版散文集《隔水呼渡》、詩集《夢與地理》，並獲「中華民國第十五屆國家文藝新詩獎」。獲選爲中華民國筆會會長。

一九九一年 應美西華人學會之邀，赴洛杉磯發表演講，並接受該會頒贈「文學成就獎」。參加香港翻譯學會主辦的翻譯研討會，並獲該會榮譽會士。

一九九二年 父逝。中英對照翻譯詩選《守夜人》出版，喜劇中譯《溫夫人的扇子》出版。

一九九三年 會晤大陸歌手王洛賓，並由王洛賓將〈鄉愁〉一詩譜曲。赴港參加「兩岸暨港澳文學交流研討會」並發表論文〈藍墨水的上游是汨羅江〉。大陸出版余光中詩文合集《中國結》。評論集《從徐霞客到梵谷》出版，並獲本年度《聯合報》「讀書人」最佳書獎。參加蘇州大學「當代華文散文國際研討會」，發表論文〈散文的知性與感性〉。黃維樑編選的各家論余氏作品之選集《璀璨的五采筆：余光中作品評論集一九七九～一九九三》出版。

一九九四年

一九九五年 中譯《理想丈夫》出版。與他人合著《蓉子論》在北京出版。與他人合編《雅舍尺牘：梁實秋書札眞迹》出版。

一九九六年 散文選《橋跨黃金城》由北京人民日報出版社出版。序文集《井然有序》出版，並獲《聯合報》「讀書人」本年最佳書獎。詩集《安石榴》出版。

一九九七年 香港舉辦「香港文學節」研討會，應邀發表論文〈紫荊與紅梅如何接枝？〉《余光中詩選第二卷一九八二～一九九八》出版。

一九九八年 七十大壽。詩集《五行無阻》、散文集《日不落家》和評論集《藍墨水的下游》出版。散文集《日不落家》獲頒《聯合報》「讀書人」本年最佳書獎。慶祝余氏七十生日詩文集專書《與永恆對壘》出版。中山大學文學院舉辦「重九的午後——余光中作品研討暨詩歌發表會」。

一九九九年 傅孟麗著《茱萸的孩子：余光中傳》出版。《結網與詩風——余光中七十壽慶論文集》出版。

二〇〇〇年 詩集《高樓對海》出版，獲得聯合報「讀書人」最佳書獎。獲高雄市文藝獎。

二〇〇一年 九歌出版《余光中精選集》。與他人合著《艾略特的心靈世界》出版。獲廣州第二屆霍英東成就獎。

二〇〇二年 《含英吐華：梁實秋翻譯獎評語集》出版。《余光中精選集》出版。

二〇〇三年 主編《中華現代文學大系第二部，臺灣一九八九～二〇〇三》出版。獲第二屆「華語文學傳媒大獎」散文家獎。獲頒香港中文大學榮譽文學博士。

二〇〇四年 散文《飛毯原來是地圖》在香港出版。

二〇〇五年 散文《青銅一夢》出版。《余光中幽默文選》出版。與他人合著《自豪與自幸——二十堂名家的國文課》出版。

二〇〇六年 公開批評教育部長杜正勝的「刪減文言文」政策。與他人合著《起向高樓撞曉鐘：二十堂名家的國文課》出版。《語文大師

二〇〇七年

如是說：中與西》在香港出版。

與他人合著《鐵肩擔道義：二十堂名家的國文課》出版。獲頒臺灣大學傑出校友。

二〇〇八年

八十大壽。政治大學舉辦「余光中先生八十大壽學術研討會」，並頒授名譽博士學位。《印刻文學生活誌》五月號出版〈鍊石補天六十年——余光中特輯〉，《聯合文學》五月號亦出版〈八十歲，繼續與永恆拔河：余光中特輯〉。陳芳明選編《余光中六十年詩選》出版。

INK PUBLISHING 文學叢書 189

余光中六十年詩選

選 編 者　陳芳明
總 編 輯　初安民
責任編輯　陳思妤
美術編輯　許秋山
校　　對　丁名慶　施淑清　陳思妤　陳芳明　余光中

發 行 人　張書銘
出　　版　INK 印刻文學生活雜誌出版有限公司
新北市中和區建一路 249 號 8 樓
電話：02-22281626
傳眞：02-22281598
e-mail : ink.book@msa.hinet.net
網　　址　舒讀網http ://www.inksudu.com.tw

法律顧問　巨鼎博達法律事務所
施竣中律師
總 代 理　成陽出版股份有限公司
電話：03-3589000（代表號）
傳眞：03-3556521
郵政劃撥　19785090 印刻文學生活雜誌出版有限公司
印　　刷　海王印刷事業股份有限公司

港澳總經銷　泛華發行代理有限公司
地　　址　香港新界將軍澳工業邨駿昌街7號2樓
電　　話　852-27982220
傳　　眞　852-27965471
網　　址　www.gccd.com.hk

出版日期　2008年 6月　初版
2021年 3月 30日　初版十一刷（平裝）
ISBN　978-986-6631-12-2（精裝）
978-986-6631-11-5（平裝）

定價　精裝500元；平裝360元

國家圖書館出版品預行編目資料

余光中六十年詩選／陳芳明選編.
--初版.--新北市中和區：INK印刻文學，2008.6
面；　公分.--（文學叢書；189）
ISBN 978-986-6631-12-2（精裝）
978-986-6631-11-5（平裝）
851.486　97009084